KB098783

아가트

지은이

아네 카트리네 보만

아네 카트리네 보만은 심리학자이며 코펜하겐에서
살고 있다. 전 세계 28 개국어로 번역 출간된 '아가트'는
그녀의 데뷔작이다.

옮긴이

이세진

서울에서 태어나 서강대학교와 같은 학교 대학원에서
철학과 프랑스 문학을 공부했다. 프랑스 랭스
대학교에서 공부했으며, 현재 전문 번역가로 일하고
있다. 『고대 철학이란 무엇인가』, 『돌아온 꼬마 니콜라』,
『브뤼노 라투르의 과학인문학 편지』, 『세바스치앙
살가두, 나의 땅에서 온 지구로』 외 다수의 책을
우리말로 옮겼다.

아네 카트리네 보만 지음
이세진 옮김

그러나

차례

계산

일흔두 살 은퇴까지 아직 5개월이 남았다. 이는 도합 22주에 해당하고 지금 보는 환자들이 모두 끝까지 함께한다면 상담 회기로는 정확히 800회를 진행해야 한다. 환자 중에서 누군가 병이 나거나 예약을 취소한다면 이 숫자는 당연히 줄어들 것이다. 어찌 됐든, 그렇게 생각하면 조금이나마 마음이 편하다.

창유리

그 일이 일어났을 때 나는 거실에 앉아 창밖을 내다보고 있었다. 봄 햇살이 약간 시차를 두고 움직이는 네 개의 사각형 모양으로 느리지만 확실하게 카펫을 가로질러 내 발 위로 지나가고 있었다. 내 옆에는 내가 몇 년째 읽어보려고 마음은 먹었으되 펼쳐보지도 않은 「구토」●의 초판본이 놓여 있었다. 여자아이의 다리는 가늘고 창백했다. 아직 초봄인데 달랑 원피스만 입고 나와 있는 것을 보고 놀랐다. 그 아이는 길바닥에 사방치기 판을 그

● 「구토 (La nausée)」: 사르트르가 지은 일기체 장편 소설. 작가의 문학적·철학적 출발을 보여 주는 작품으로 실존주의 문학의 대표작이다. 1938년에 간행되었다.

려놓고는 완전히 놀이에 빠져서 깡충깡충 뛰고 있었다. 처음에는 한 발, 그다음은 양발, 그리고 돌아서서는 발을 바꿨다. 머리를 양 갈래로 묶은 그 아이는 일곱 살쯤 되었을 것이다. 그 아이는 엄마와 언니와 함께 그 길 4번지 집에 살았다.

여러분은 나를 온종일 창가에 앉아 사방치기나 방바닥을 훑고 지나가는 햇살보다 훨씬 더 심오한 것들을 관조하는 철학적인 인물로 생각할지도 모르겠다. 그 생각은 틀렸다. 실은 달리 할 일이 없어서 그러고 앉아 있는 것이다. 그리고 유독 어려운 조합으로 뜀뛰기를 해냈을 때면 때때로 아이가 의기양양한 탄성을 지르곤 했는데 그 소리에 생을 긍정하는 그 무엇이 있기 때문인지도 모르겠다.

어떤 지점에서 나는 차를 한 잔 끓이러 갔고 내 자리로 돌아와보니 소녀는 이미 보이지 않았다. 아마 더 재미있는 놀이를 하려고 딴 데 갔으려니 생각했다. 분필과 돌멩이는 둘 다 길바닥에 그대로 버려져 있었다.

바로 그 순간, 그 일이 일어났다. 차를 좀 식히려고 창턱에 잔을 내려놓고 무릎 담요를 무릎 위에 펼치는데 시야 가장자리로 언뜻 뭔가가 넘어지는 게 보였다. 찰나의 날카로운 비명이 내 고막을 때렸고 나는 뻣뻣한 사지를 간신히 달래 일으켜 창가로 다가갔다. 그 아이가 우리 집 오른쪽 길에서 조금 내려가 꺾어지는 지점, 호수로 가는 길의 나무 아래 넘어져 있었다. 나뭇가지 위에서 고양이 한 마리가 꼬리를 살랑살랑 흔들고 있었다. 그 밑에서 소녀는 상체를 일으켜 나무 몸통에 기대어 앉고는 발목을 잡고 훌쩍거리기 시작했다.

나는 고개를 거둬들였다. 나가봐야 하나? 나 자신도 아이였던 시절 이후로는 아이에게 말을 걸어본 적이 없다. 어릴 적에도 다른 아이들과 말을 많이 섞는 편은 아니었다만. 낯선 사람이 불쑥 나타나서 달래주려고 하면 아이만 더 속상해지지 않을까? 나는 다시 바깥을 슬쩍 내다보았다. 아이는 여전히 풀밭에 앉아서 눈물범벅을 한 얼굴로 우리 집 너머 길 위쪽을 쳐다보고 있었다.

아무도 날 보지 못했으니 다행이다. 사람들이 괜스레 수군댈 것이다. 그 의사 아니야? 왜 저기 서서 내처 내다보고 있는 거야? 그래서 나는 찻잔을 들고 주방으로 건너가 식탁 앞에 자리를 잡았다. 아이가 제 발로 일어나 절뚝거리면서라도 집에 가겠거니, 종국에는 별일 없으려니 생각했다. 나는 마치 시간이 흐르기를 바라며 내 집 주방으로 숨어든 도망자처럼 내처 그러고 앉아 있었다. 차가 차가워지고 탁해졌다. 어둠이 깔리기 시작한 후에야 비로소 나는 거실로 돌아갔다. 나는 커튼 뒤에 몸을 반쯤 숨긴 채 눈을 가늘게 뜨고 거리를 훔쳐보았다. 물론 아이는 이미 떠난 후였다.

잔향

쉬뤼그 부인은 나와 일하게 된 후로 늘 똑같이 나를 맞이해왔다. 왕좌에 앉아 있는 여왕처럼 그녀는 매일같이 마호가니 책상 앞에 앉아 있다가 내가 들어가면 일어나 외투와 지팡이를 받아주고 나는 옷걸이 위 선반에 내 모자를 올려놓는다. 그사이에 쉬뤼그 부인은 그날의 진료 일정을 브리핑하고 차트 다발을 건넨다. 꺼내지 않은 차트 파일들은 책상 뒤 캐비닛에 일목요연하게 꽂혀 있다. 아침 인사 몇 마디를 주고받고 나면 점심시간까지 나와 쉬뤼그 부인은 얼굴 볼 일이 없다. 나는 정확히 12시 45분에 진료소에서 나가 평범한 근처 식당에서 점심을 먹는다.

식사를 마치고 돌아오면 쉬뤼그 부인은 늘 내가 진료소를 나서면서 보았던 모습 그대로 앉아 있다. 이따금 저 사람이 뭘 먹기는 하는지 의심스럽다. 쉬뤼그 부인은 음식 냄새를 풍기는 일이 없고 그녀의 책상 밑에 과자 부스러기 하나 떨어져 있는 걸 본 적이 없다. 쉬뤼그 부인도 살려면 먹어야 하지 않을까?

그날 아침, 쉬뤼그 부인은 어떤 독일 여성이 전화를 걸어 이따가 상담 예약을 잡으러 오겠다고 했다고 전했다.

"닥터 뒤랑과 환자에 대해서 얘기를 했습니다. 몇 년 전 자살 기도를 하고 심각한 조증을 보여 생 스테판 병원에 입원했었다고 하시더군요."

"안 돼요." 나는 딱 잘라 말했다. "우리는 받을 수 없습니다. 그런 환자는 꾸준히 몇 년은 치료를 받아야 합니다."

"닥터 뒤랑도 재입원이 좋을 것 같다고 하셨습니다. 다만, 환자 본인이 선생님과 치료를 진행하기를 강력하게 원해서요. 어떡할까요, 현재 일정에서 시간을 내기는 어렵지 않을 것 같은데요?"

쉬뤼그 부인이 묻는 듯한 시선을 보냈지만 나는 대번에 고개를 저었다.

"아뇨, 그럴 수 없습니다. 다른 의사를 찾아보라고 친절하게 말해주세요."

은퇴할 때쯤이면 임상의로서 거의 50년을 일한 셈이다. 이 정도면 할 만큼 한 거다. 이 판국에 새로운 환자라니, 나에게 세상에 그보다 더 필요 없는 것은 없다.

쉬뤼그 부인은 잠시 나를 지그시 바라보았다. 하지만 그 문제를 더는 거론하지 않고 평소와 마찬가지로 일과에 들어갔다.

"고맙습니다. 그럼 수고해주세요." 나는 파일 다발을 받아서 내 진료실로 들어가면서 말했다. 진료실은 쉬뤼그 부인의 영지(領地), 즉 환자들이 자기 차례를 기다리는 널찍한 접수처와 반대쪽 끝에 있다. 나는 비서가 타자 치는 소리나 환자들과 주고받는 말소리가 내 일에 방해되지 않도록 진료실을 최대한 멀리 떨어뜨려놓았다.

첫 번째 환자는 갱스부르 부인이라는, 먼지처럼 바싹 말라비틀어진 여자다. 그녀는 방금 도착해서 쉬뤼그 부인이 가끔 사다가 비치해놓는 잡지 한 권을 들춰보고 있었다. 나는 좀 지나치게 한숨을 쉬고는 갱스부르 부인과의 상담을 마치고 나면 753회만 남는다고 마음을 다잡았다.

내가 점심을 먹고 올 때까지 그날 하루는 무탈하게 흘러갔다. 나는 진료소로 들어오다가 문 바로 안쪽에 서 있던 여자와 부딪힐 뻔했다. 여자는 얼굴이 송장처럼 해쓱했고 머리는 검은색이었다. 나는 문을 갑자기 밀고 들어가 미안하다고 말했다. 여자는 깜짝 놀랄 만큼 호리호리했고 눈이 아주 컸으며 얼굴은 갸름하다 못해 뾰족했다.

"아니에요. 제가 문간에 서 있었어요." 여자는 좀 더 안쪽으로 들어가면서 말했다. "약속을 잡고 싶어서 왔는데요."

말투에 확실히 감지할 수 있는 악센트가 있었으므로 나는 아까 얘기 나온 그 독일 여성이로구나, 하고 생각했다. 과연, 그 여자는 생 스테판 로고가 들어간 지도를 가슴팍에 모아 쥐고 있었다.

"죄송하지만 힘들 것 같습니다."

내가 그렇게 대답했는데도 독일 여자는 대뜸 내 옆에 따라붙으면서 다짜고짜 간청했다.

"저는 꼭 진료 약속을 잡아야 해요. 저도 억지를 쓰고 싶진 않지만 달리 갈 데가 없어요. 간곡히 부탁드려요, 도와주세요."

나는 본능적으로 뒷걸음질을 했다. 그녀의 갈색 눈이 열에 들뜬 것처럼 빛났다. 그 눈빛이 어찌나 강렬하게 쏘는 듯한지 신체 접촉이 전혀 없는데도 그녀가 내 팔을 붙들고 매달리는 것 같은 기분이 들었다. 이 여자를 떼어내려면 여간해서는 안 되겠다 싶었다. 나에게는 그럴 시간도, 기력도 없다. 나는 쉬뤼그 부인에게 손짓을 해 보이면서 억지로 상냥한 미소를 지어 보였다.

나는 여자 주위를 빙 둘러 들어가면서 말했다. "일단 저를 따라 들어오시면, 제 비서가 저희 사정을 좀 더 자세히 설명드릴 겁니다."

애초에 쉬뤼그 부인이 잘 말했다면 이 여자가 여기까지 찾아오지도 않았을 것이다. 그러니 결자해지(結者解之)의 원칙에 따라 쉬뤼그 부인이 그녀를 돌려보내는 게 맞을 성싶었다.

내가 여자를 지나쳐 앞장을 섰고 그녀는 고맙게도 접수대까지 따라와주었다. 나는 쉬뤼그 부인 앞에 서서 의미심장한 눈길을 보냈다.

내 비서의 왼쪽 눈썹이 몇 밀리미터 치켜 올라갔다.

"쉬뤼그 부인, 이분 좀 부탁드립니다."

나는 그렇게 말하고 독일 여자에게 인사를 대신해 어색하게 고개를 까딱한 후 나의 안전한 진료실 안으로 황급히 달아났다.

그러나 창백한 여자의 모습이 뇌리에서 떠나지 않았다. 그날의 나머지 시간 내내, 그 여자에게서 풍기던 향수의 잔향이 공기 중에 머물러 있다가 내가 진료실 문을 열 때마다 먼지처럼 소용돌이치는 것 같았다.

야단

나를 관통하는 시간은 마치 아무도 교체할 생각을 하지 않는 녹슨 필터를 통과하는 물 같았다. 나는 그날 최소한의 집중력만 유지한 채 환자 일곱 명을 보았고, 비 내리는 납빛의 오후를 마감하고 귀가하려면 아직 한 명을 더 보아야만 했다.

나는 알메다 부인을 데리고 진료실로 들어가면서 비서를 힐끗 보았다. 쉬뤼그 부인은 미동도 없이 앉아서 깔끔하게 치워진 책상 표면만 내려다보고 있었다. 각도 조절 스탠드 불빛에 그녀의 돌 같은 그림자가 뒤쪽 벽면으로 드리워졌다. 쉬뤼그 부인이 어찌나 낙심한 듯 보이는지 나는 한순간이나마 아무 말이라도 걸어야 하지 않나 생각했다. 하지만 무슨 말을 걸겠는가? 나는 그냥 진료실 문을 닫고 환자를 상대했다.

알메다 부인은 나보다 거의 머리 하나가 더 클 정도로 장신이어서 그런지 늘 뭔가 좀 인상적이다. 부인은 신경질적으로 우산과 비옷을 내려놓더니 긴 의자에 털썩 앉았다. 그녀는 토사물 같은 색감의 치맛자락을 잘 펴고 매부리코에 얹어놓은 작은 안경알 너머로 나를 힐책하듯 쏘아보았다.

"지난 한 주는 끔찍했어요, 선생님." 알메다 부인이 선포하듯 말하며 자리를 잡고 누웠다. "굉장히 불안하고 초조했어요. 정말이지, 못살겠다고요. 베르나르에게도 그렇게 말했어요. 베르나르, 당신이 온종일 의자에 앉아 있는 꼴만 봐도 신경이 거슬려 미치겠어, 라고요!"

알메다 부인은 늘 그렇게 초조해했다. 그녀에게 끔찍하지 않은 날은 단 하루도 없었다. 부인은 별의별 치료를 다 받고도 눈곱만큼도 좋아지지 않았지만 일주일에 두 번은 꼭 나에게 호통을 치려고 꼬박꼬박 발걸음을 했다. 알메다 부인은 더 나은 삶이라는 생각만 해도 화가 치밀어 오르는 사람 같았다. 솔직히 말해, 도대체 왜 이 여자가 계속 여기 오는지 이해가 가지 않았다. 보통은 그녀가 혼자 떠들게 놔두고 나는 어쩌다 가끔 한마디 지적을 하거나 해석을 슬쩍 들이밀거나 하는 게 다였다. 그래 봤자 알메다 부인은 내 말을 무시했지만.

"……그랬는데 내가 지난주에 3프랑을 빌렸다고 그 여자가 그러는 거예요. 세상에, 3프랑이라니, 너무 뻔뻔하지 않아요! 그 말이 내 가슴을 훅 치고 들어왔어요. 그대로 가게 한복판에서 까무러칠 뻔했어요. 그래서 그 여자한테 말했죠……."

오랜 세월의 훈련 덕분에 나는 사실상 얘기를 듣지 않고도 적절한 시점에서 추임새를 넣을 수 있었다. 만약 운이 좋다면 그녀가 진료실에서 나갈 때까지 내 머릿속에는 단 한 마디도 입력되지 않을 것이다.

문득 책상을 내려다보고는 내가 지독한 좌절감 때문에 연필 끝으로 종이를 뚫고 있다는 것을 깨달았다. 그래서 나는 평소에 자주 그리는 새를 종이에 그리기 시작했다.

"제가 신경이 너무 예민해서 그렇겠지만 저는 염치없는 사람은 정말 못 참겠어요. 암요, 그것만은 얼마든지 말할 수 있어요!" 알메다 부인은 이제 거의 절규하다시피 했다.

밖에는 비가 격렬하게 퍼부어서 창문 너머 흐릿한 실루엣 말고는 아무것도 보이지 않았다. 불행히도 창유리를 마구 때리는 빗방울 소리에 고무되어 나의 환자가 평소보다 목청을 높이는 것 같았다. 하지만 나는 이런 사소한 문제들을 참아야만 해, 라고 체념하듯 생각하고는 그녀의 머리통에서 머리카락이 성글어 보이는 부분을 응시했다. 알메다 부인의 탈모가 진행 중이라고 생각하니 묘하게 기분이 좋았다. 만약 그렇다면 나는 당사자보다 훨씬 먼저 그 사실을 알아챈 셈이다. 나는 곧바로 그림에 이러한 세부 항목을 추가했다. 언젠가 알메다 부인이 거울과 창유리 사이에 우연히 섰다가 자기 뒷모습을 보고 그 자리에 얼어붙는 모습이 머릿속에 그려졌다. 저 포동포동한 손가락으로 미친 듯이 머리카락을 헤치고 옆으로 밀어내어 두피를 확인하고는 고래고래 소리를 지를 테지. "베르나르! 당신 왜 아무 말도 안 했어, 베르나르!"

그렇게, 어떤 식으로든 간에, 내 삶의 한 시간이 또 흘러갔다. 알메다 부인은 상담을 해줘서 고맙다고 인사를 했고 나는 대머리 타조 그림이 그녀의 눈에 띄지 않도록 조심스레 메모장을 뒤집어놓은 다음 그녀를 위해서 문을 열어주었다.

688번의 상담이 남았다. 그 순간만큼은 688번도 너무 많다고 느껴졌다.

성장통

며칠이 지난 어느 날 아침, 쉬뤼그 부인이 그날의 진료 일정을 브리핑하는 동안 나는 부인의 말을 중간에 끊지 않을 수 없었다.

"잠깐만요, 이게 뭡니까? 그 독일 여자분 진료 예약을 기어이 받아줬어요?"

쉬뤼그 부인은 결연하게 고개를 딱 한 번 끄덕했다.

"네, 그분이 워낙 완강해서 어쩔 수 없었습니다. 어떻게든 치료를 시작해야만 하는데 선생님에 대해서 좋은 얘기를 많이 들었다면서 막무가내로 조르더군요."

나는 코웃음을 쳤다. 언제부터 그런 이유로 내 지시를 거슬렀는데?

"저는 선생님이 앞으로 5개월만 일하신다고 분명히 설명했습니다. 그 여자분은 아무 거리낌 없이 그래도 괜찮다고 하더군요. 그런 조건을 받아들이는데도 계속 안 된다고 말하기는 곤란했습니다."

그 말에도 일리가 있었다. 독일 여자가 5개월만 다녀도 좋다고 했다면 그녀를 받아줘도 윤리적으로 문제 될 부분은 없으며 나는 수입이 늘게 생겼으니 도리어 기뻐해야 할 것이다. 그러나 나는 짜증이 나서 견딜 수 없었다. 내가 일을 접으려고 하는 중인데 어떻게 감히 비서가 내 인생에 기어이 환자 한 명을 더 끼워 넣을 수가 있단 말인가? 나는 분명히 받지 말라고 말했단 말이다!

그러나 아가트 지메르만이라는 그 여자가 이미 다음 날 오후 3시에 진료 약속을 잡아놓고 갔으니 내가 어떻게 할 수 있는 부분은 없었다.

그날의 마지막 환자가 진료소를 떠나고 난 후 나는 쉬뤼그 부인에게 갔다. 그녀는 퇴근 준비를 하고 있었다. 쉬뤼그 부인은 내 얼굴에서 뭔가를 찾으려는 듯 내 얼굴을 찬찬히 살펴보더니 나보고 오늘 일이 힘들었냐고 물었다. 나는 어깨를 으쓱하면서 이런 날이 어디 하루 이틀이냐고 했다. 나는 여전히 비서에게 골이 나 있었지만 그녀가 자기 소지품을 챙기고 재킷을 걸칠 때까지 기다렸다가 그녀를 위해 문을 열어주었다.

"고맙습니다." 그녀는 앞이 잘 보이지 않을 만큼 흩뿌리는 빗속으로 나갔다.

나는 고개를 끄덕이고 진료소 문을 잠갔다.

"고맙습니다. 잘 들어가십시오."

"네, 선생님도 저녁 잘 보내세요. 내일 뵙겠습니다."

집으로 돌아가는 길에 내 다리가 서로 다른 두 방향으로 나를 잡아끌었다. 한쪽 다리는 그대로 얼른 집에 가서 대충 빵이나 좀 먹고 안락의자에 콕 박혀서 다리를 발 받침대에 올려놓고 내처 바흐나 들으며 밤이 오기를 기다리고 싶은 듯했다. 다른 쪽 다리는 지치지도 않는지 어린 시절의 성장통을 새삼 일깨웠다. 그때 나는 무릎이 너무 아파서 엉엉 울기까지 했는데, 아버지는 옆에서 작업 중이던 그림에서 거의 고개도 돌리지 않고 이렇게만 말했다. "크느라 그러는 거야. 어른이 되어가는 거지. 괜찮아질 거야."

어쩌면 그 다리는 낯선 땅이 부르는 소리를 감지했는지도 모른다. 내 다리는 평생 파리보다 더 먼 곳을 가보지 못했고 이 나라 국경을 넘어본 적은 더더군다나 없다. 나이가 나이이니만큼, 이제 그럴 일은 결코 없겠지. 그러니 통증은 영원히 가시지 않을 것이다.

어쨌든 나의 경로를 정하는 사람은 바로 나였다. 나는 멈칫멈칫하는 발걸음을 인도하여 서늘한 밤공기를 뚫고 로제트 거리

9번지 정원 문에 도착했다. 이 동네에서는 갈아엎은 지 얼마 안 된 흙냄새가 가시지 않았다. 이웃들이 화단을 열심히 가꾸고 잡초를 뽑거나 씨를 심는 일을 여가로 삼기 때문이었다. 그러거나 말거나 나는 바다에 일어난 파문처럼 잔디밭에서 고집스럽게 불어나는 이끼의 섬을 건사해왔다.

저녁을 먹고 나서 부드러운 바이올린 선율이 내 주위 공간에 솜 충전재처럼 퍼질 때 나는 점점 더 꼬리에 꼬리를 물고 일어나는 어떤 생각을 퍼뜩 자각했다. 그게 어떤 생각인지 알면서도, 그 생각이 나를 얼마나 비참하게 하는지 알면서도, 나는 그냥 내버려두었다. 어쩌면 난 이러고 싶었을 것이다. 우두커니 홀로 앉아 나 자신을 안타까워하고 싶었을 것이다. 어째서—언제나 시작은 이런 식이다—아무도 나이를 먹으면 몸뚱이에 무슨 일이 생기는지 말해주지 않은 걸까? 관절이 시큰거리고, 살갗이 늘어지고, 눈이 잘 안 보인다고 왜 말해주지 않은 걸까? 비통함을 느끼며 나는 이런 생각을 했다. 나이를 먹는다는 것은 기본적으로 자신의 자아와 육체 사이의 간극을 관찰하는 것이다. 간극이 점점 더 커지다가 결국은 완전히 낯선 자기 자신을 퍼뜩 발견한다. 이게 뭐가 아름답다거나 자연스럽다는 건가?

음반이 다 돌아가고 침묵 속에 덩그러니 나 홀로 거실에 남겨진 그때, 치명타가 날아왔다.—도망갈 길은 없다. 이 음흉한 회색 감옥이 나를 끝장낼 때까지 나는 거기서 못 벗어난다.

프랑스 몽펠리에 생 스테판 병원

1935년 6월 21일

환자명 : 아가트 지메르만

오늘 아침 입원한 이후 의사소통을 대부분 거절하고 있음. 아래 내용은 주로 과거 진료 및 입원 기록에서 가져온 것.

병력 :

25세, 독일 여성. 1929년에 학업을 위하여 프랑스로 이주. 15세에 자해 행동과 자살 기도. 청소년기에는 거주 지역의 정신과 전문의 바인리히 씨에게 정기적으로 진료를 받음.

어머니, 아버지, 두 살 어린 여동생과 유복한 가정에서 성장함. 성년기 대부분을 빈의 정신 병동에서 보낸 고모가 한 명 있으나 그 외에는 정신질환 가족력 없음. 부친은 맹인이지만 자영업자이고 모친은 전업주부.

현재 상황:
환자가 주치의에게 심각한 우울증과 자살 충동을 호소하여 오늘 본 병동에 입원함. 그러나 입원 거부가 있었음. 히스테리와 극적으로 과장된 행동이 관찰됨. 구속복 사용.
안색이 창백하고 영양 상태가 좋지 않음. 얼굴에 자해흔. 머리카락도 뭉텅이로 잡아 뜯은 흔적 있음.
환자는 의사소통을 거부하고 있으나 혼자 있을 때 울고 소리를 지름.
알레르기: 알려진 바 없음.

향후 계획:
정신병(조발성 치매●) 여부를 고려하여 당분간 관찰. 필요할 때마다 에테르를 투여, 밤에는 포수클로랄 20mg 투여.

진료자: 담당의 뒤랑

● 조발성 치매: 정신분열증(조현병)의 전 용어.

아가트 1

“이렇게 다시 만나는군요. 들어오십시오, 지메르만 부인.”

나는 그녀의 손을 잡고 악수를 했다. 손이 너무 차가웠다. 그녀는 갈색 치마에 특정한 형태가 없는 검정색 터틀넥 블라우스를 입고 있었다. 막대기처럼 빼빼 마른 몸에 풍성한 블라우스가 족히 몇 치수는 더 커 보였다. 그저께의 강렬하게 번득이던 눈빛은 온데간데없었다. 지금 봐서는 어떻게 이 사람이 닥터 뒤랑과 쉬뤼그 부인을 설득했을까 싶다. 내가 잘 말하면 결국 이 여자를 돌려보낼 수도 있겠다.

“여기 긴 의자로 오시지요. 자세는 편한 대로 하세요.”

나는 초록색 긴 의자를 가리키고 나 자신은 몸이 푹 파묻히는 가죽 안락의자에 앉았다. 갈색 가죽이 얼마나 반질반질하게 닳았는지 늘 앉는 자리만 거의 검정색에 가까웠다.

"고맙습니다. 그런데 일단 저를 지메르만 부인라고 부르지 말아주세요. 그냥 아가트라고 불러주시면 좋겠어요."

기혼 여성 환자를 이름으로만 부르는 것이 내게는 익숙지 않았다. 그렇지만 이 여자의 비위를 맞춰줘서 나쁠 일은 없었다.

"원한다면 그렇게 하죠."

그녀는 얼핏 미소를 짓고는 진료실 안을 둘러보았다. 안락의자와 긴 의자를 제외하면 책상과 의자 세트, 그리고 내가 한때 모으고 탐독했던 책들을 모아놓은 키 큰 책장 두 개밖에 없었다. 그녀는 조심스레 긴 의자에 앉아서 몸을 돌리고는 마침내 등을 대고 누웠다.

"좋습니다. 일단 다시 한번 제안을 드리고 싶은데요. 다른 의사를 찾아보시는 게 어떨까요?" 내가 말문을 열었다. "아시겠지만 저는 5개월 후에는 은퇴할 예정이고 솔직히 말씀드려 그렇게 짧은 기간 안에 환자분의 치료를 끝내지는 못할 겁니다. 치료를 끝까지 진행할 수 있는 사람을 찾아보시는 게 나아요. 가령, 파리에서라든가."

아가트가 벌떡 일어나 소리쳤다. "그런 말 하지 마세요! 입원은 두 번 다시 안 해요. 약도 필요 없어요. 저는 말할 상대가 필요하고 선생님을 그 상대로 결정했어요."

그녀는 턱을 내밀고 내 눈을 똑바로 바라보았다. 그 눈이 내가 그녀의 머리채를 휘어잡고 끌어내지 않는 한 절대로 내보낼 수 없을 거라고 말하고 있었다. 나는 한숨을 쉬면서 고개를 끄덕였다.

"정 그러고 싶다면 할 수 없죠."

"네, 그러고 싶어요!"

"잘 알았습니다. 우리가 더는 치료를 함께 진행할 수 없는 시기가 오면 그때 가서 내가 아는 의사를 추천해드리죠."

아가트는 그런 건 별 상관없다는 듯 어깨를 으쓱하고 다시 의자에 누웠다. 그러고는 재빠른 동작으로 코를 한 번 훔쳤다. 그 다음에는 가만히 누워 있기만 했다.

"이제부터 매주 두 번을 보도록 하겠습니다. 화요일 오후 3시와 금요일 오후 4시, 한 회에 한 시간으로 잡죠. 비용은 시간당 30프랑입니다. 오시기 힘든 사정이 생기면 언제든 취소하셔도 됩니다만 치료를 중단할 때까지 청구서는 꼬박꼬박 나갑니다."

그녀는 고개를 끄덕였다. 다시 한번 그녀의 향수 냄새를 맡았다. 향신료 냄새 같은 것이 확 퍼지면서 내 코를 스치고 갔다. 이게 무슨 냄새지? 뭔가 떠오를 듯도 한데…….

"좋습니다. 아가트가 자기 느낌이나 생각을 나한테 두려움 없이 다 털어놓을 수 있어야 합니다. 숨기거나 거짓말을 하면 치료만 지연됩니다. 이 방에서 한 얘기는 절대 밖으로 나가지 않을 겁니다."

언제나 그렇듯 나는 잠시 설명을 하고는 환자에게 대화를 해 보자는 뜻에서 이 말을 건넸다. "이제 아가트가 무엇 때문에 힘들어하는지 좀 들어보고 싶네요."

아가트는 잠시 망설이면서 눈살을 살짝 찌푸렸다.

"제가 여기 온 이유는," 그녀는 특유의 악센트를 담아서 말했다. 아마 그처럼 공들여 발음을 하기 때문에 음절 하나하나가 수정처럼 맑게 들리는지도 몰랐다. "다시 살아보겠다는 의욕을 잃었기 때문이에요. 병이 씻은 듯이 나을 거라는 환상 따위는 전혀 없어요. 그렇지만 웬만큼 사람 구실은 하고 싶어요."

확실히 드문 케이스였다. 기적을 요구하지 않는 환자라니. 진료소를 찾는 환자들은 대부분 문제에서 해방되어 행복하게 살기를 바랐다. 하지만 그런 건 내가 취급하는 상품이 아니었다.

"무엇 때문에 사람 구실을 못하는데요?" 내가 물었다.

아가트는 증상 위주로 얘기를 늘어놓았다. 두통과 습진, 예고 없이 격렬하게 치미는 분노발작. 극단적으로 잠만 자든가 한시도 눈을 붙이지 못하든가 둘 중 하나여서 직장 업무에도 지장이 있었다. 원래는 시내의 어느 회계사 사무실에서 경리로 일했다. 몇 주 전, 아가트는 직장에 전화를 걸어 병이 났다고 말한 후 며칠 내내 울면서 남편 쥘리앙에게 소리를 지르거나 태아 자세로 침대에 누워서만 지냈다. 나는 그 하소연을 건성으로 들으면서 도대체 이 향기가 뭘까 곰곰이 생각했다.

“가끔은,” 아가트가 꿈을 꾸는 것처럼 말했다. “아무도 나를 알아보지 못하도록 내 몸을 피투성이가 되도록 할퀴거나 얼굴을 망가뜨리는 상상을 해요.”

과격한 말과 어울리지 않게 아무 표정 없는 얼굴이 인상적이었다.

“정말요?”

“내 얼굴을 완전히 지우고 싶은 충동이 치밀어요. 난 얼굴을 가질 자격이 없어요.”

“얼굴이 달라졌으면 좋겠어요?”

내가 이렇게 묻자 그녀는 세차게 도리질을 했다.

“아뇨, 내가 아예 지워졌으면 좋겠어요.”

잠깐 메모를 하는데 또 한숨이 나왔다. 내 예상대로였다. 이 여자는 중증 환자이고 내게 남은 몇 달 안에 웬만큼 치료하기란 불가능했다. 제멋대로인 내 비서가 원망스러웠다. 쉬뤼그 부인 때문에 고집스러운 데다가 정신적으로 심히 불안정한 이 여자를 떠안게 된 게 아닌가. 게다가 이 여자는 뭐에 씌었는지 내가 자기를 구할 수 있을 거라 철석같이 믿고 있었다.

“알았습니다. 최선을 다해 부인을 돕겠습니다. 오늘은 여기까지 하죠. 금요일 오후 4시에 다시 봅시다.”

“고맙습니다, 선생님.” 아가트는 악수를 나누면서 진지하게 말했다. “저한테는 큰 의미가 있어요.”

프랑스 몽펠리에 생 스테판 병원

1935년 8월 20일

환자명 : 아가트 지메르만

금일 오전 8시 12분에 면도칼로 자살을 기도하다가 저지당함.

면도칼의 출처는 미상. 오른쪽 손목을 그었으나 간호사 리네 부인이 곧바로 발견함. 8바늘 꿰맸고 10-14일 후 실밥 제거 예정.

현재 묶어둔 상태로, 환자가 진정될 때까지 유지.

6월 21일 입원 이후 에테르로 치료를 시도, 얼마 전 전기충격요법을 병행. 눈물은 줄어들었으나 히스테리 발작을 일으킬 때를 제외한 의사소통 상황에서는 멍하고 무감각한 태도로 일관함. 뚜렷한 정신병 징후는 없으나 관찰 내용상 조울증으로 보임.

향후 계획:
밤에, 그리고 발작 상황에 계속 전기충격요법과 에테르 사용. 외출 금지, 면회 금지. 직원 감독하에 식사를 할 때만 빼놓고 계속 묶어둘 것. 환자가 식사를 계속 거부하면 강제로 먹여도 무방함.

진료자: 담당의 뒤랑

보이지 않는 친구

옆집에서 피아노 소리가 들렸다. 옆집 남자는 피아노를 자주 치지는 않지만 이따금 늘 똑같은 곡을 서툴게 연주하곤 했다. 원래는 피아노를 칠 줄 모르는데 달랑 그 곡만 외워서 치는 것 같았다. 나는 그 곡의 제목은 모르지만 여러 번 듣다 보니 어느새 좋아졌다. 이따금 밥을 먹고 식탁을 치우거나 찻물을 끓이면서 나도 모르게 그 멜로디를 콧노래로 흥얼거릴 정도로.

진료소에서 유독 지루하고 보람 없는 하루를 보내고 온 날, 나는 의자에 앉은 채로 벽 너머에서 은은하게 들려오는 피아노 소리를 자장가 삼아 스르르 잠이 들었다. 벽이 두 집을 분리하는 동시에 더 가까이 이어주는 것 같았다. 우리는, 나와 옆집 남자는 아는 사이다. 몇 년째 벽 하나를 사이에 두고 살다 보니 일상의 자질구레한 소음을 들으면 상대방이 무엇을 하는지 바로바로 알아차릴 정도다. 이 시각이면 잠자리에 들기 전 마지막으로 화장실을 썼겠군. 이 시각이면 일어나서 교회에 갈 준비를 하겠군. 옆집 남자는 처음에는 활기찼는데 어느 순간부터 슬프고 우울해졌다. 나는 그 사람이 건반을 치는 방식이나 그 사람이 살아 있다는 신호들 사이의 공백에서 이 모든 것을 알아낼 수 있다고 상상했다. 한번은 일주일이 지나도록 그 집에서 찍 소리 한 번 들리지 않았다. 나는 점점 불편해지기 시작했다. 물론 내가 가장 마음 졸였던 부분은 내가 그 집에 가서 노크라도 해야 하는가였다. 그래서 마침내 그 집에서 문 닫히는 소리가 나고 옆집 남자가 살아 있다는 것을 알았을 때는 크게 안도했다.

그 사람을 길에서 우연히 만나면 알아볼 수 있을지 자신이 없었다. 나는 혼자만의 생각에 푹 빠져 걷기 일쑤였다. 정신을 차리고 가야지 작정했다가도 다시금 생각에 빠지곤 했다. 그 사람이 키가 크던가, 작던가? 머리카락은 안 빠졌나? 도통 모르겠다. 하지만 그의 리듬, 생활의 소음들은 내가 알고 알아차릴 수 있었다. 나는 그에게 돈독한 유대감을 느꼈다. 그 사람도 과연 그렇게 느낄지는 내가 알 수 없었지만 말이다. 나는 주방 타일 바닥에 머그잔을 떨어뜨리거나 불쑥 노래를 부를 때마다 옆집 남자가 떠올랐다. 어쩌면 그 사람이 벽 저편에서 머리를 이쪽으로 갸웃한 채 귀를 기울지도 모른다. 언젠가는 그 사람이 우리 집 문을 두들기고 내가 누구인지 말해주지 않을까.

음, 그냥 그런 생각을 해봤다는 얘기다. 내 얘기가 괴상하게 들린다는 건 안다. 내가 외로운 사람처럼 보인다는 것도 이해한다. 하지만 내가 옆집 남자를 보이지 않는 친구 그 이상으로 생각한 적은 한 번도 없다. 왜 우리가 현실 세계에서 뭔가 공통분모가 있어야 한단 말인가? 우리는 각자 주어진 역할을 감당하며 살고 있다. 그리고 대부분 서로를 모르고 사는 이 도시의 인구 2만 명 중, 우연히 나란히 옆집에 살게 된 두 사람일 뿐이다.

나는 일단 시작된 습관을 깨는 타입이 절대로 아니다. 그 집 정원 문과 우리 집 정원 문 사이의 거리는 겨우 12미터에 불과하지만 내가 그 집 문으로 들어갈 일은 결코 없을 것이다.

아가트 2

"내가 그 트렁크 중 하나를 들고 걸어가는 것 같아요. 아시죠, 여자애들이 놀잇감 같은 걸 넣어두는 작은 트렁크요."

나는 가볍게 알아들은 시늉을 했다.

"트렁크는 닫혀 있어요. 절대로 열리지 않게 내가 꽉 잠가놓았거든요. 주위 사람들은 그 트렁크를 보고 안이 꽉 차 있을 거라고 상상해요. 지식이라든가, 훌륭한 자질이라든가, 기술이라든가. 트렁크가 닫혀 있는 한 아무도 진실을 몰라요. 그런데 갑자기 내가 여행을 가서 트렁크를 떨어뜨려요. 트렁크가 홱 열리면서 민망하게도 속이 다 드러나요! 트렁크는 텅 비어 있어요. 그 안에는 먼지 한 톨 없어요."

아가트는 두 손을 모아 가슴에 얹고 긴 의자에 누워 있었다.

그녀가 말하는 동안 눈이 커졌다. 나는 그 뒤쪽의 비스듬한 위치에 앉아 있었기 때문에 아가트의 시야에서 완전히 벗어난 채로 그녀의 아주 작은 몸짓까지 다 볼 수 있었다. 검은 속눈썹이 이따금 파르르 떨리고 가슴이 규칙적으로 오르락내리락하긴 했지만 그 밖에는 아무런 움직임이 없었다. 그녀의 목소리는 낭랑하고 듣기 좋게 흘러나왔다.

"으음." 내가 다시 웅얼거렸다. 아무것도 요구하지 않고 이렇게 들릴 듯 말 듯 추임새를 넣기만 해도 으레 환자들의 얘기를 끌어낼 수 있었다.

"너무 끔찍해요!" 아가트의 목소리에 힘이 들어갔다. "정체가 까발려질 찰나에 있는 배신자가 된 것 같아요. 누가 밝히느냐 시기가 언제냐가 문제일 뿐, 분명히 들통나고 말 거예요. 그래서 집 밖으로 나가지도 않고 침대에만 누워 지내죠. 눈 깜짝할 사이에 일주일이 가요."

나는 어떻게 할지 잠시 고민했다. 계속 얘기를 들어볼까, 질문을 던질까, 뭔가를 해보라고 제안할까. 나는 민감한 얘기를 피하려고 이렇게만 물어보았다.

"트렁크 속에 뭐가 있는지 아는 사람이 있습니까? 이를테면 남편분이라든가?"

"쥘리앙과 저의 관계는 좀 복잡해요."

"알겠습니다." 나는 시험 삼아 다른 방향을 타진해보았다. "당신이 직접 트렁크를 열면 어떻게 될까요? 혹은, 트렁크를 집에 두고 나갔는데 사라져버리면 어떻게 될까요?"

그녀가 웃었다. 하지만 억눌리고 생기 없는 그 웃음은 즐거움과 아무 상관이 없는 듯했다.

"그럼 저도 사라지는 거예요. 그 트렁크는 제가 가진 전부예요!"

이 트렁크 얘기는 심히 진이 빠졌다. 나는 무릎이 시큰거리고 관자놀이 안쪽이 지끈거렸다. 그래서 아가트를 방해하지 않으려고 조심조심 다리를 몇 번 굽혔다 폈다 했다. 그렇게 움직여주니 한결 나았다. 그녀를 보내고 문을 닫은 후 하루를 또 해치웠다고 흐뭇해하려면 아직 17분을 채워야 했다. 남은 날들의 카운트다운은 다시금 안정적이고 결연하게 0을 향하여 달려가고 있었다.

"아가트, 당신이 트렁크에 감춘 것에 대해서 사람들이 어떻게 생각하는지 좀 더 말해보세요." 나는 건성으로 그렇게 말하고 메모장에 그리던 깃털이 헝클어진 참새에 부러진 날개의 윤곽선을 더했다.

수련

내 직업에서 가장 곤란한 부분 중 하나는 누군가와 사별한 사람들과 얘기를 나누어야 한다는 것이었다. 심각한 불안장애, 잘못된 양육의 결과를 안고 있는 환자라면 언제 찾아오든 상관없었다. 그러나 죽음은 잘 상대한다는 것이 불가능했다. 사별의 아픔을 겪는 사람들에게는 내가 뭘 어떻게 해야 할지 도무지 알 수 없었다.

그래도 50년 이 일을 하면서 그런 경우를 피할 수는 없었다. 하루는 앙셀앙리 씨가 치료에 처음으로 지각을 했다. 앙셀앙리는 강박신경증이 있기 때문에 원칙적으로 지각을 하려야 할 수가 없는 사람이었다. 그는 늘 시간을 잘 지켰고, 질문에 꼬박꼬박 대답했으며, 뻣뻣한 몸뚱이의 일부인 듯 몸에 꼭 맞고 얼룩 한

점 없는 맞춤 양복을 입었다. 그러나 그날은 아니었다.

"죄송합니다, 선생님."

앙셀앙리 씨는 20분이나 늦게 진료실에 나타나서는 그렇게 웅얼거리더니 바로 긴 의자에 앉았다.

"잘 오셨습니다, 오늘은 못 오시는가 보다 생각하던 참이었어요."

나는 앙셀앙리가 어디가 아픈가 의아했다. 그는 이제 막 침대에서 일어나 잠자리에서 입었던 옷차림 그대로 뛰쳐나온 사람 같았다. 한눈에 보기에도 머리를 빗지 않았고 수염도 깎지 않은 모습이었다.

그 순간, 앙셀앙리가 흐느껴 울기 시작했다.

"대체 무슨 일이 있었습니까?"

내가 물어도 그는 고개를 세차게 저으며 두 손으로 얼굴을 가리고 울기만 했다. 그의 온몸이 주체할 수 없이 들썩이고 있었다. 그에게 향했던 내 시선이 닫혀 있는 진료실 문 쪽으로 돌아갔다. 비서를 당장 부르고 싶어서 견딜 수 없었다. 쉬뤼그 부인이라면 이럴 때 어떻게 해야 하는지 알 터였다. 임상적 분석보다는 사려 깊은 여성의 대처가 더 적합한 사안이 분명했다.

나는 뭔가 해보려고 자리에서 일어나 책장 위의 나무 상자에서 크리넥스를 꺼냈다.

그다음에 목을 가다듬고 이렇게 말했다. "앙셀앙리 씨, 굉장히 괴롭고 힘드신 줄은 알겠습니다. 그렇지만 저에게 무슨 일인지 말을 해주셔야 제가 앙셀앙리 씨를 도울 수 있습니다."

처음에는 대답도 못 들을 줄 알았다. 그러나 잠시 후에 그가 고개를 살짝 들었다.

"마린이 죽었습니다." 그는 꺽꺽대면서 흐느끼다가 불쑥 이 말을 내뱉었다. "어제, 저세상으로 떠났습니다."

마린은 앙셀앙리의 아내이자 그가 세상에서 유일하게 좋아하는 사람이었다. 그는 누구에게나 지나치게 깐깐하고 경직된 태도로 일관했고 속내를 잘 보여주지 않았지만 아내 한 사람만큼은 그의 철벽을 뚫고 들어갈 수 있었다.

나의 환자가 일어나 크리넥스를 받아 들고 눈가를 훔치더니 코를 세게 풀었다. 그러고 나서 혼란스러운 듯 눈을 끔벅거리다가 그날 처음으로 나를 제대로 바라보았다. 나도 그의 눈을 바라보긴 했지만 무슨 말을 해야 할지 몰랐다. 그는 나에게 무엇을 원했을까? 내 손은 가만히 있지 못하는 동물처럼 내 무릎에서 안절부절못했다. 나는 왼손을 오른손으로 단단히 붙잡고 꾹 눌렀다.

"고인의 명복을 빕니다."

그는 고개를 끄덕였지만 시선을 거두지 않았다. 그는 내가 애쓰고 있다는 걸 알았을까? 내가 그를 어떻게 도와야 할지 모르는 게 그렇게까지 표가 났나?

"다들 알다시피, 이렇게 상심이 깊은 시기에는 이전 단계로 퇴행하기도 합니다." 나는 이렇게 입을 열었다. 내 말이 점점 더 빨라지는 것을 느낄 수 있었다. "평소보다 자주 울화가 치밀거나 당분간 그날그날의 일에 무관심해질 수 있습니다. 지극히 당연한 겁니다. 그러니 겁내지 마세요. 시간이 해결해줍니다."

나는 내가 위로의 표정으로 보이기를 원하는 표정을 그에게 지어 보였다. "이것도 다 지나갑니다."

앙셀앙리가 눈살을 찌푸렸다. 나는 그의 시선을 더는 받아내지 못하고 메모장을 내려다보면서 아무 단어나 휘갈겨 썼다.

"장례식은 사흘 후입니다. 내가 유일하게 사랑했던 사람이 죽었어요." 그의 목소리가 울음 때문에 갈라져 나왔다. "그런데 이것도 다 지나간다고 말씀하시는 겁니까?"

순간적으로 입안이 바짝 말라서 혀가 입천장에서 떨어지지 않았다. 나는 온 힘을 다해 이렇게 말했다.

"그런 뜻이 아니었습니다. 저도 진심으로 안타깝게 생각합니다."

그 말밖에 할 수 없었다. 나는 팔을 저어가면서 이렇게 말했다. "기분이 좀 나아질 때까지 우리의 치료 일정을 연기하면 어떨까요?"

그가 나가면서 책상 위에 내팽개치고 간 크리넥스 뭉치의 구김이 서서히 펴졌다. 나는 시간이 내처 흐르도록 그 휴지 뭉치의 변화만 지켜보고 있었다. 무슨 이유에선지 그 순간을 떨치고 나올 수가 없었다. 매끈한 마호가니 책상 위에 한 송이만 덩그러니 핀 수련처럼 크리넥스 뭉치가 완전한 정지 상태에 이르렀을 때조차 나는 의자에서 꿈쩍도 할 수 없었다.

아가트 3

숨을 폐 깊숙이 몇 번 들이마시고 머리를 좌우로 한 번씩 기울였다가 혈액 순환이 잘되게끔 어깨를 털어주었다. 나는 몸 왼쪽에 쥐가 자주 났다. 진료실에 앉아 있을 때 창문으로 향하는 쪽이다.

그러고 나서 문을 열었다.

"안녕하세요, 아가트. 들어오세요."

아가트는 약간 숨이 가쁜 듯 보였다. 원래 시간이 다 되어야만 나타나는 편이어서 그녀는 대기실에 앉을 겨를도 없이 이름이 불리기 일쑤였다.

"고맙습니다, 선생님."

아가트는 재킷을 옷걸이에 걸고 넓은 손뜨개 스카프를 푼 다음 긴 의자에 누웠다. 오늘 그녀는 보라색 원피스를 입고 검은색 발레리나 구두를 신었다. 검은 머리칼은 어깨 위에 늘어뜨렸다. 앞머리를 잘라서 자기 나이보다 어려 보이는 데다가 깍지 낀 손을 얌전히 배에 올려놓고 누운 모습이 어릴 적 읽었던 동화에서 튀어나온 소녀 같았다.

몇 주 전에 나는 아가트에게 꿈을 기억나는 대로 모두 기록해 보라고 했다. 그녀는 이제 내가 딱히 유도하지 않아도 가장 최근에 꾸었던 인상적인 꿈 얘기를 꺼내곤 했다.

"내가 모르는 어떤 남자가 나에게 자기가 가져온 쌍안경을 들여다보라고 했어요. 처음에는 렌즈에 맺힌 상이 흐릿했어요. 그러다가 내가 초점을 맞추자 점차 이미지가 또렷해졌어요. 소화관, 폐, 심장, 온갖 종류의 신체 기관이 보여요. 음, 그러니까 쌍안경이 내 안에 있는 거예요."

아가트는 상담을 하는 동안 자기 가족 얘기를 많이 하지 않았다. 나는 그 주제에 거의 다 왔다는 직감이 발동했다.

"'쌍안경'이라는 단어를 들으면 뭐가 떠오릅니까?"

"아버지요."

"왜 그럴까요?"

"아버지는 앞을 못 보셨어요. 하지만 손의 감각이 탁월한 분이었죠. 어떻게 생겼는지 본 적도 없는 시계나 그 밖의 정교한 물건들을 수리하거나 조립하는 일을 업으로 삼으셨을 정도로요.

아버지가 운영하는 작은 공방으로 사람들은 망가진 물건을 가져왔어요. 그들은 그 물건이 어떻게 생겼는지, 어떻게 작동하는지 설명했어요. 그러면 아버지는 공구 상자와 부품을 챙겨서 일을 시작했어요. 복잡한 장치일수록 수리는 오래 걸렸어요. 며칠, 길게는 몇 주까지 걸렸죠. 그래도 일단 아버지 손을 거치면 뭐든지 다시 완벽하게 돌아갔어요."

그녀는 샐쭉한 미소를 지었다.

"한번은 스위스에서부터 어떤 여자가 시계를 하나 들고 아버지를 찾아왔어요. 아주 고급스러운 주머니용 금시계였죠. 20년이나 멈춰 있었다는 그 시계를 아버지는 기어이 다시 돌아가게 했어요. 5주가 걸렸죠. 부품이 너무 작아서 내가 손가락으로 집을 수도 없을 정도였죠. 아버지는 아주 작은 핀셋 같은 걸 썼어요……." 그녀의 목소리가 잦아들었다.

"꿈속의 쌍안경은 아버님의 시력 상실을 의미할까요?"

"꼭 그렇진 않아요. 그건 아니에요. 부모님은 나를 갖기까지 오랜 시간 기다렸어요. 시력 장애가 유전될까 봐 두려우셨던 거죠. 하지만 결국 그 병이 유전되지 않는다고 말해주는 의사를 만났대요. 그래서 어머니는 임신을 했고, 시력이 완벽하게 정상인 아이가 태어나서 무척 안도하셨어요. 아버지는 제 이름을 지어주면서 기념 선물로 문구를 새긴 쌍안경을 주셨어요."

"어떤 문구가 새겨져 있었나요?"

"Für Agathe, meinen Augapfel(퓌르 아가테, 마이넨 아욱아펠)[●]"

내가 모르는 언어는 기묘하게 들릴 뿐 어떤 의미도 전하지 못했지만 문자 하나하나를 강조하는 발음이 아가트에게 아주 잘 어울린다는 것을 알았다. 독일어로 그녀의 이름을 '아가테'로 발음한다는 것도 알았다. 주위 사람들이 늘 자기 이름을 '아가트'로 발음하는 게 그녀 입장에서는 싫지 않을까 궁금했다. *아가테.* 나는 그녀의 이름을 그녀가 발음한 대로 소리 내어 말해보고 싶었지만 애써 그 충동을 억눌렀다.

'나의 눈동자[●●], 대략 그런 뜻이에요."

"또는 나의 소중한 사람이라는 뜻이겠군요." 나는 그렇게 말했다. 그러고는 다시금 짚고 넘어갔다. "이제 내 진료실에서 당신 자신에게 쌍안경을 돌려보세요."

그와 동시에 그녀에게서 풍기는 향기가 무엇인지 비로소 깨달았다. 계핏가루를 뿌린 사과가 오븐에서 익어가는 냄새, 내 어머니가 자주 만들어주었던 요리의 냄새였다.

● '나의 눈동자(또는, 나의 소중한) 아가테에게'라는 뜻. 'Augapfel'은 'Auge(눈)+apfel(동자)'의 합성어로 '눈동자, 소중한 것'라는 의미이다. apfel에는 '사과'라는 뜻도 있다.

●● 덴마크어 'øjeæble(오이에에블레: 눈동자)' 중 'æble'에도 '사과'라는 뜻이 있다. 주인공은 이 단어를 통해 아가테의 향기가 무슨 향기인지 깨닫게 된다.

우리 사이는

이제 529회가 남았다. 나는 아침 6시 25분에 심장이 두근대고 왼쪽 다리가 저리다 못해 얼얼한 바람에 잠에서 깨어났다. 처음에는 불편한 자세로 잠을 자서 그러려니 했지만 거실로 나와 왔다 갔다 해도 통증은 가시지 않았다. 식탁에 엉덩이를 세게 부딪히고는 짜증이 났다. 이런 생각이 들었다. 공간이 좁군. 내가 만약 여기 걸려 넘어지면 어떻게 될까? 누군가가 나를 발견하기까지 시간이 얼마나 걸릴까? 나는 맥박을 재어보고 싶은 충동이 확 일어났지만 그래 봤자 마음만 더 불안해진다는 것을 알았다. 그래서 당장 이 자리에서 심장발작으로 죽으면 적어도 그걸로 끝나는 거다, 그냥 가는 거다, 라는 생각으로 위안을 삼았다. 어차피 죽으면 내가 누군가에게 발견되고 말고는 상관없었다.

그렇게 생각하니 좀 나아졌고, 30분 후에 나는 집에서 나와 문을 닫았다. 한 손에는 서류 가방, 다른 손에는 지팡이를 들고 길모퉁이를 돌아 마르탱 거리를 가로질러 비탈길을 따라 내려갔다. 5년 전보다 경사가 더 가파른 것 같은 기분이 들었다. 나이를 먹기 전에는 미처 발견하지 못하는 것들이 있다. 노면이 고르지 않은 포장도로라든가, 비뚤어진 보도블록이라든가. 몸뚱이가 말을 잘 들을 때 좀 더 감사하게 여겼어야 했다.

그날 나는 내가 오랫동안 특별한 환상의 배경으로 삼아온 카페 앞을 지나가기 위해 길을 약간 돌아갔다. 나의 환상은 그 카페 안에 앉아 있던 어느 중년 부부를 본 순간부터 시작되었다. 무슨 이유에서였는지 나는 그 거리에서 잠시 멈춰 서 있다가 아내가 손을 들어 남편의 뺨을 어루만지는 모습을 목격했다. 남편은 아내의 손바닥에 얼굴을 가만히 기댔는데, 희한하게도 마치 내가 그 남편이 되기라도 한 것처럼, 나는 그녀의 온기가 그에게 흘러들어가 그들이 누가 누구인지 알 수 없는 하나가 되는 것을 느꼈다.

그 후, 이따금 그 카페 앞을 지나가려고 일부러 길을 돌아가서는, 언젠가 내가 거기에 들어가 앉게 될지도 모른다고 상상하는 습관이 들었다.

오늘은 신문을 읽으면서 모닝커피를 마시는 손님 몇 명밖에 보이지 않았다. 나는 카페 안을 한 번 힐끗 들여다보고 곧장 진료소로 발길을 돌렸다.

진료소에 도착하자 쉬뤼그 부인이 자리에서 일어나 나를 맞아주었다. 하지만 우리는 손발이 맞지 않았다. 나는 외투를 내밀었는데 그녀는 내 지팡이 쪽으로 손을 뻗었다. 그래서 내가 지팡이부터 먼저 건네주려고 하다가 서로 손이 부딪혔다. 당황스러웠다. 세월이 흐르는 동안 꼭 필요한 동작만 남아서 평소에는 둘 다 아무 생각 없이 손발이 착착 맞았기 때문이다. 나는 비서의 눈을 피했다. 너무 어색해서 빨리 나의 안전한 진료실로 들어가고 싶은 마음이 간절했다. 파일 더미를 받으면서 대략 고맙다는 말로 해석될 법한 소리를 내고 그대로 달아났다.

감사하게도 진료실 의자에 앉자마자 쉬뤼그 부인의 일은 다 잊었다. 파일은 대충 들춰보는 둥 마는 둥 하고 바로 몽상에 빠졌다. 다른 곳의 삶도 이 벽 안의 삶처럼 무의미하기는 매한가지라고 상상해보라. 그럴 가능성은 확실히 있었다. 환자들의 넋두리를 들으면서 나는 그렇게 살지 않아 다행이라고 생각한 적이 얼마나 많았던가? 그들의 판에 박힌 일상에 코웃음 치고 남몰래 그들의 어리석은 근심 걱정을 비웃은 적은 또 얼마나 많았던가? 은퇴하고 나면 진정한 삶, 즉 이 지리멸렬한 일에 대한 보상이 나를 기다리고 있을 거라 상상할 때도 있었다. 하지만 그때가 된다고 해서 내 삶에 과연 즐길 만한 보람이 있는 그 무엇이 있을지 당최 알 수가 없었다. 내가 예상할 수 있는 확실한 것들이라고 해봤자 두려움과 외로움 아니겠는가? 비참한지고. 나도 결국은 내 환자들과 다르지 않다는 생각이 들었다. 그러고 나서 엉덩이의 욱신거리는 통증과 갈비뼈 아래 도사린 슬픔을 느끼며 그날의 첫 환자를 맞이하러 나갔다.

아가트 4

오랜 세월 일하는 동안 나는 조증 환자를 여럿 치료해보았다. 그들은 불안정하고, 가만히 있지를 못하며, 살짝 정신병 기질도 있었다. 한번은 조증이 도진 사흘 동안에 전 재산을 경마로 탕진한 남자도 만나봤다. 당시 그는 자신이 우승마를 골라낼 수 있는 능력을 하느님께 받았노라 믿어 의심치 않았다고 했다.

그러나 아가트는 좀 달랐다. 그녀는 분명히 힘겨워하고 있기는 했지만 모든 회기에 성실하게 참여했다. 내가 받은 인상은 단지 그녀가 행복하지 않다는 것이었다. 사실은 생 스테판 병원의 진단이 과연 맞는지조차 의심스러워지기 시작했다. 그래서 하루는 그녀에게 직접 물어보았다.

"아가트, 우리 진료소로 오면서 차트 기록을 다 가져왔잖아요? 내가 계속 궁금한 게 있어서요."

"그래요? 실은 저도 몇 가지는 이해가 가지 않더라고요." 그녀는 신랄하게 말했다. "이를테면, 불행한 사람들을 침대에 묶어놓고 뇌에다 전기충격을 가하는 게 무슨 도움이 되는지 모르겠어요."

"아, 그렇죠."

나는 솔직하게 대꾸했다. 개인적으로는 나도 전기치료나 인슐린쇼크요법을 늘 탐탁지 않게 생각해왔다. "하지만 그런 조치가 까다로운 케이스에서 상당한 효과를 내기도 합니다."

아가트는 어깨를 으쓱해 보였다.

"아무튼 저에겐 영 아니었어요."

"내가 궁금한 부분은 진단이에요. 이제 우리가 얘기를 나누기 시작한 지 두 달은 됐는데 나는 아가트가 주로 우울증으로 보이거든요. 지금도 조증 에피소드를 겪기는 해요?"

아가트는 잠시 가만히 누운 채로 생각에 잠겼다.

"조증이 어떤 건지 잘 모르겠어요. 하지만 미칠 것 같은 분노가 치밀어 오를 때도 있고, 가끔은 이상하게 기운이 뻗쳐서 주체할 수가 없어요. 그럴 때는 자해 충동을 억누르는 것만으로도 너무 힘이 들어요. 지난번에는 결국 이런 짓을 하고 말았죠."

아가트가 앞머리를 넘기더니 관자놀이 근처의 작지만 뚜렷한 상처를 보여주었다.

"찬장에 머리를 박았거든요."

"바보같이 왜 그랬어요." 나는 그렇게만 대꾸하면서 어쩌면 진단이 딱 맞는지도 모르겠다고 생각했다.

"비용이 부담스러울지언정, 제 마음의 가장 깊숙한 곳을 탐색하기 위해 돈을 내는 건 기뻐요, 선생님."

"감동적이군요."

나는 미소를 짓지 않을 수 없었다.

아가트를 보내고 나서 나도 점점 조울증 환자가 되어가는 게 아닐까, 하는 생각이 들었다. 여전히 아가트가 골치 아픈 환자이고 나에게 오지 않는 편이 좋았을 거라고 생각하면서도, 그녀와의 대화를 즐기게 되었으니 말이다. 그리고 좀 더 솔직해지자면 그녀가 왔다 간 날은 계피 향과 어우러진 사과 향기가 조금이라도 더 오래 머물기를 바라는 마음에 일부러 진료실 환기를 생략하지 않았던가?

안녕하세요, 선생님.

죄송합니다만 개인적 사유로 1~2주, 어쩌면 그 이상 출근을 하지 못할 것 같습니다. 오늘 진료 보실 환자들 파일은 준비해놓았습니다. 선생님도 아시다시피 나머지 파일은 책상 뒤에 출생 연도 및 이름 순으로 정리되어 있습니다. 심심한 사과의 말씀 드립니다.

1948년 4월 28일

A. 쉬뤼그 드림

편지

35년 동안 내 비서로 일하면서 쉬뤼그 부인이 갑작스럽게 휴가를 요청한 건 딱 두 번이었다. 한 번은 부인의 어머니가 돌아가셨을 때였고, 또 한 번은 지독한 폐렴에 걸려서 두어 주를 침대에 누워 지내야 했을 때였다. 그러니 쉬뤼그 부인의 편지를 읽으면서 나는 마음이 불편할 수밖에 없었다. 도대체 무슨 일일까?

봄날의 태양은 끈질기게 내리쬐었고 진료소의 공기는 갑갑하고 후텁지근했다. 나는 창문을 열어젖히고 파일 더미를 집어 들었다. 그렇지 않아도 너른 공간이 비서가 없으니까 아예 텅 비어 보였다. 나와 비서는 우정은 고사하고 사적인 이야기도 나눈 적 없었지만, 쉬뤼그 부인은 진료실의 긴 의자나 안락의자처럼 내 일터의 중요한 한 부분이었다.

그날의 진료는 어느 환자도 나를 놀라게 하거나 관심을 끄는 일 없이 지나갔다. 첫 번째 환자는 신경증을 앓는 올리브 부인이었다. 올리브 부인은 매일같이 식구들이 일어나지도 않은 아침 댓바람부터 자기가 모은 은제 식기들을 전부 꺼내 새로 닦았다. 그다음은 모레스모 부인이었다. 그녀는 남편에게 심하게 학대를 당하다가 이미 오래전에 헤어졌지만 그녀도 모르는 사이에 분노는 수치심으로 변해 있었다. 마지막으로 베르트랑 씨가 왔다. 그 사람은 그냥 얘기 상대가 필요해서 여기 오는 사람 같았다. 원래는 가슴의 통증을 호소하면서 찾아왔는데 내가 때때로 청진기로 심장 소리를 듣기는 하지만 우리의 대화는 주로 그 사람이 자식들에게 하고 싶은 말을 속 시원히 말하지 못하는 문제에 집중되었다.

나는 약간 멍한 상태에서 베르트랑 씨가 늘어놓는 얘기를 듣고 있었다. 그런데 갑자기 대기실 쪽에서 와장창하는 소리가 났다. 나는 베르트랑 씨에게 잠깐 양해를 구하고 서둘러 무슨 일인지 확인하러 나갔다. 노란 꽃이 꽂혀 있던 꽃병이 쉬뤼그 부인의 책상 위에 쓰러져 있었고 종잇장이 바닥에 어지럽게 널려 있었다. 얼떨떨했지만 어찌 된 일인지 이내 깨달았다. 창문을 열어놓고는 까맣게 잊은 나에게 바람이 벌을 내렸던 것이다. 환자들도 쌀쌀한 외풍을 맞으면서 자기 차례를 기다렸을 터였다. 쉬뤼그 부인이 없으니 아쉬운 마음이 새삼 또 일어났다. 나는 창문을 닫고 아수라장을 대충이나마 정리한 후에 베르트랑 씨에게 돌아갔다. 우리는 금방 상담을 마무리했다.

"다음 주에 뵙겠습니다, 선생님."

베르트랑 씨는 회기를 마무리할 때마다 토씨 하나 다르지 않게 늘 이 말을 했다. 사실 내 나이 정도 되면 모든 것이 반복일지도 모른다. 이제 448번만 힘을 내어 반복하면 될 터였다. 딱 448번만 내가 지금까지 진정으로 이해하려고 노력하지도 않았던 이 사람들을 상대하면 된다.

오전 진료를 마치고 가까운 몽 구[•]까지 걸어갔다. 그 식당이 개업한 이래로, 이름은 모르지만 곰보라서 얼굴은 확실히 기억하는 그 가게 주인을 나는 일주일에 다섯 번씩 봤다. 식당 주인이 내 쪽을 보고 말없이 고개를 끄덕였다. 조금 있으려니 그가 크림처럼 부드럽게 으깬 감자와 번지르르한 햄 덩어리를 접시에 내왔다.

몽 구는 서비스가 훌륭한 식당은 아니었지만 오늘의 메뉴를 고르면 대체로 실패가 없었고 내가 늘 앉는 자리를 다른 손님이 먼저 차지하는 일도 없었다. 나는 으깬 감자에 파르마산(産) 치

• 몽 구(Mon Goût): '나의 입맛, 나의 취향'이라는 뜻.

즈를 뿌리고 음식을 떠먹으면서 메뉴판에서 몇 번은 무슨 요리였던가를 기억해내는 놀이를 했다. 식사를 마치고 늘 그렇듯 물 두 잔으로 입가심을 할 때까지 24개 중 23개를 맞혔다.

아가트 5

마침내 숨을 헉헉대면서 벌겋게 상기된 얼굴을 하고 그녀가 왔다. 나는 의자에 앉은 채로 몸을 쭉 폈다. 솔직히 실제 나이보다 더 늙어 보일 이유는 없으니까.

"안녕하세요, 아가트. 들어오세요."

"안녕하세요, 선생님." 아가트는 숨을 헐떡이며 대꾸했다. "늦어서 죄송해요!"

그녀는 내가 전에 본 적 없는 베이지색 외투를 옷걸이에 걸면서 물었다. "그런데 비서님은 어디 가셨어요?"

"당분간 비서가 출근을 못 할 것 같아 걱정입니다."

"그렇군요. 선생님도 혼자이시네요."

그녀는 나와 무슨 일을 함께 꾸미려는 사람처럼 미소를 지었다. 나는 미끼를 던졌다. “그러면 당신은 혼자인가요, 아가트?”

아가트는 어깨를 으쓱하고 긴 의자 쪽으로 다가가서는 내게는 보이지 않는 거푸집에 자기 몸을 끼워 맞추기라도 하듯 조심조심 누웠다.

“그렇다고 할 수도 있고 아니라고 할 수도 있어요. 살아도 사는 게 아니면 왠지 좀 외로운 면이 있죠. 내 다리는 부러진 반면 다른 사람들이 뛰어노는데 그 모습을 구경할 때처럼요.”

그 기분은 나도 잘 알았다. 그러나 그녀가 긴 의자에 누워 있는 반면 다행히도 나는 정신과 의사의 자리에 앉아 있었다.

“아가트는 인생이 이미 끝난 것처럼 말할 때가 많군요. 당신 스스로 다 흘려보낸 겁니다. 모든 순간은 당신이 자랑스러워할 만한 일을 할 수 있는 순간이에요.”

나 자신의 가식에 혐오감을 느끼지 않을 수 없었다. 나는 무에 그리 자랑스러워할 만한 선택을 했다고 이런 말을 하나? 은퇴 이후에 무슨 거창한 계획이라도 있나?

아가트가 도리질을 했다.

“이제 좋은 학교에 들어가기에는 너무 늦었잖아요. 설령 스스로 뭘 원하는지 깨닫더라도 저는 돈이 없어요. 제가 정말로 피아노나 성악을 진지하게 파고들 생각이 있었다면 좀 더 빨리 뭐라도 했어야 해요. 이제 저는 너무 나이가 들었어요, 선생님.”

한 치 앞이 보이지 않는 자욱한 안개 같은 절망을 우리 사이에서 목격한 것 같은 기분이 들었다. 나는 그녀와의 연결을 놓치고 싶지 않은 마음에, 의자에서 몸을 앞으로 내밀었다.

"전부 다 늦은 건 아니에요, 아가트. 아니고말고요. 나는 인생이 우리가 해야만 하는 선택들의 기나긴 연속이라고 믿습니다. 우리가 그 선택의 책임을 거부할 때만 그것이 하나도 중요하지 않은 것처럼 되어버리죠."

이런 말을 그때그때 변형해가면서 백 번, 아니 천 번은 써먹었을 것이다. 하지만 나 자신이 이 말을 살아 숨 쉬게 할 만한 실증적인 경험을 겪지 않았기 때문에 이 말은 그저 추상적이기만 했다. 그래도 나는 아가트가 이 말에서 도움을 얻을 수 있기를 바랐다. 그녀는 유리처럼 투명하고 부서지기 쉬웠고 손목에 흉터가 선명했다. 비록 스스로 위선자처럼 느껴지긴 했지만 나는 충분히 선한 의도에서 그렇게 말한 것이었다. 진심으로 그녀를 돕고 싶었다. 어떤 면에서는, 그 때문에 매사가 더 어려웠다.

"무슨 말씀 하시는지 알아요, 선생님. 그런데 저도 저 자신에게 똑같은 말을 하고 있다고 생각하진 않으세요?"

"때로는 남의 입을 통해서 들어야 효과가 있죠." 나는 짐짓 그렇게 말해보았다.

"그럴지도 모르겠네요. 저는 스스로 노력하고 있다고 생각해요. 하지만 삶이 자꾸 저한테서 도망가요. 삶은 바로 여기에 있어요. 너무 가까이 있어서 냄새를 맡을 수 있을 정도죠." 그녀는 꿈꾸듯이 허공을 바라보았다. "하지만 어떻게 그 안으로 들어가는지 전 모르겠어요."

아가트가 줄무늬 우산을 축 늘어뜨린 채 발소리도 거의 내지 않고 돌아가고 난 후 나는 그녀가 말하는 삶이라는 게 도대체 무엇인지 골똘히 생각했다. 겉으로 보기에는 그녀가 하고 있는 게 다 삶이었다. 심장이 잘 뛰고, 교육도 받을 만큼 받았고, 가정도 꾸린 그녀가 살아 있는 게 아니라면 누가 살아 있다는 건가?

나는 책상 등을 끄고 진료실을 걸어 나갔다. 귓속에서 잠시 무슨 소리가 났다가 사라지는 듯했다. 머지않아 병원 문을 완전히 닫게 된다는 것이 실감이 나지 않았다. 내가 은퇴한 후에 이곳을 인수할 만한 의사를 떠올려보려고 애썼다. 패기 넘치고 금방금방 답을 찾는 젊은 의사가 있을지도 모른다. 그 의사가 아가트의 치료도 이어받을까? 그런 친구라면 결국 그녀를 고쳐줄 수 있을까? 이기적인 말인 줄 알지만 그녀가 다른 의사의 도움으로 완치되느니 그냥 이대로 살았으면 좋겠다.

파일을 제자리에 꽂느라 시간이 꽤 걸렸다. 하지만 그 일에 몰두하다 보니 마음이 편해졌다. 그런 다음 타자기 앞에 놓인 쉬뤼그 부인의 의자에 앉았다. 밖에는 날이 저물어가고 있었다.

거울

잊으려고 최선을 다했지만 현실을 피해갈 수는 없었다. 나는 점점 더 불안해지고 있었다. 심장이 세게 뛰고 죽음에 바짝 쫓기는 기분으로 잠에서 깨는 날이 많아졌고, 자연스럽게 그 기분이 업무에도 영향을 주었다. 나는 나 자신을 의심하기 시작했다. 내가 골백번도 더 써먹었던 해석들이 입천장에 들러붙어 튀어나오지 않을 때도 많았다. 그러다가 아무도 이의를 제기하지 않는 게 기적이라고 느껴질 만큼, 지독히 어울리지 않는 타이밍에 그런 말을 내뱉곤 했다. 그러나 나의 환자들은 가정 교육을 잘 받은 데다가 자기 문제에 너무 깊이 빠져 있었다. 한 주의 마지막 환자가 드디어 떠나고 문을 닫을 때쯤이면 나는 그 모든 가식의 연속에 진절머리가 났다. 은퇴까지 남은 날 헤아리는 일도 위로

가 되지 않았다. 적어도 누구 한 명은 책상을 내려치면서 이게 지금 뭐 하는 거냐고 완강하게 따졌더라면 좋았을 것을. 나는 파일 캐비닛 문짝을 열쇠가 떨어져나갈 정도로 쾅 하고 닫으면서 그런 생각을 했다. 쉬뤄그 부인이 내가 그녀의 소중한 집기를 함부로 다루는 모습을 보지 못해서 다행이었다.

숨을 들이마시고, 붙잡고 있다가, 힘주어 내뱉었다.

손이 희미하게 떨렸다. 환자들의 음성이 머릿속에서 앵앵거리고 관자놀이께에 모여서 구슬픈 불협화음을 이루었다. 아니, 정말로 모든 인간이 딱하고 불쌍할 수가 있을까? 아니면 내가 불행한 사람들만 봐온 걸까? 저 바깥의 작은 집에서 만족스러운 기분으로 잠자리에 들고 왜 다시 일어나 새 하루를 맞아야 하는지 아는 사람이 정말 아무도 없는 걸까?

나는 점심을 먹는 것조차 잊었다.

시간이 얼마나 흘렀는지 몰랐다. 단골 식당의 곰보 주인이 나를 기다리다가 허탕을 쳤겠다는 생각만 잠시 뇌리를 스치고 갔다. 그러고 나서는 구역질이 치밀었다. 나는 다리를 억지로 질질 끌다시피 하면서 조그만 화장실을 찾을 수밖에 없었다. 수도꼭지에 입을 대고 찬물을 몇 모금 마셨다. 땀이 여분의 점막처럼 등 전체를 덮고 있었고 심장이 아까보다 두 배는 빨리 뛰는 것 같았다.

나는 수돗물을 잠그고 몸을 일으켰다. 익숙한 어지럼증이 온

몸으로 퍼지는 느낌이 들었다. 나는 균형을 잃고 쓰러지지 않으려고 세면대를 꽉 붙들었다.

거울을 바라보며 내 얼굴을 찾았지만 텅 비어 있었다.

거울 속에는 아무도 없었다! 그 화장실에는 원래 거울이 없다는 것을 잘 알고 있었으면서도 그 생각이 머릿속에 떠오르기까지는 제법 시간이 걸렸다. *'아, 맞다, 그렇지!'*

나는 넘어지지 않고 걸어갈 수 있겠다는 확신이 들 때까지 차가운 도기 세면대에 기댄 채 한참을 그러고 있었다. 그 후에는 변기의 물을 내리고 문을 연 다음, 비어 있는 하얀 벽을 어깨 너머로 힐끗 쳐다보고는 밖으로 나갔다.

차이콥스키

그런 일을 겪고 나니 집에 가고 싶은 마음뿐이었다. 그래서 아직 정리하지 못한 파일들을 그 자리에 놓아두고 모자와 외투를 걸치지도 않고 그냥 손에 든 채 나갔다. 날씨가 좋고 무릎이 그렇게 아프지 않으면 구불구불한 거리를 따라 걷는 데 9분 30초 정도 걸렸다. 오늘은 거의 뛰다시피 걸었기 때문에 그보다 훨씬 적게 걸렸다. 나는 그 길을 걷는 동안 내가 누구인지 나 자신에게 확신시키려고 애썼다. 기이한 말처럼 들릴 수도 있겠으나 인간은 사실 자신이 누구인지 의심하게 되곤 한다. 내 곁에는 가족도 없고 친구도 없다. 사람들과 연락하면서 지내고 관계를 소중히 여기는 것이 일반적 표준일 것이다. 그러나 나는 별다른 조예는 없지만 즐겨 듣는 클래식 음악을 제외하면 딱히 신경 쓰는 게 없는 사람이다. 기껏해야 좋은 차를 마시고, 내가 업으로 삼고 있는 일을 충실하게 해내고 싶다는 정도일까. 하지만 그마저도 실상은 계속 내리막길로 치닫고 있는 것 같았다.

벽이 덩굴 식물로 뒤덮인, 크고 잘 관리된 집 거실에 몸집이 큰 여자가 앉아 있었다. 텔레비전에서 나오는 빛이 그녀의 밀랍 같은 얼굴을 비추고 있었다. 나도 내 생의 남은 날들을 저렇게 기계만 끌어안고 내가 알지도 못하는 사람들의 영상이나 보면서 살아가게 될까? 화단에 꽃을 심거나, 내 육신이 걷잡을 수 없이 부서져 내리는 동안 그저 잠이나 자고 밥이나 먹으면서 살아가게 될까? 설상가상으로 갑자기 최근에 읽은 기사가 생각났다. 일에서 은퇴하고 진짜 자기 인생을 즐기려는 순간에 돌연히 사망하는 사람들이 그렇게 많다나. 만약 그렇게 되면 적어도 일을 그만두고 나면 뭘 해야 하나 하고 고민할 필요는 없겠다. 어쨌든 나는 어두운 생각에 젖어 정원 문을 밀었다. 집에 들어가자마자 냉장고에 가서 뭐가 있는지 들여다보았으나 냉장고 안도 우울한 모습이기는 마찬가지였다. 달걀 두 개가 남아 있는 달걀판, 잼 한 병, 약간의 버터와 말라빠진 치즈 쪼가리. 오늘은 달걀을 삶는 것도 귀찮아서 찻물을 끓이고 샌드위치를 만들었다. 식탁에서 벽시계가 무겁게 뚝딱뚝딱 돌아가는 소리를 들으며 샌드위치를 먹었다. 빵은 딱딱했지만 뭔가를 맛있게 먹고 싶었으면 애초에 이걸 먹지도 않았을 것이다.

그런 다음 의자에 앉아 무릎 담요를 무릎 위에 펼치고 시간이 나를 스쳐 지나가기를 기다렸다. 음악을 듣다가 끊어지면 반사적으로 축음기 바늘을 처음으로 돌려놓았다. 내 손은 자동으로 움직였다. 바늘의 위치를 옮기는 동작은 손이 하는 일의 일부가 되어 있었다. 하나의 동작이 시간을 되돌리기도 하고 앞으로 밀어내기도 하는 방법이 되었다.

그러다 화장실에 가고 싶어졌다. 변기 앞에 서 있다가 문득 나는 이제 자위행위조차 하지 않는다는 것을 깨달았다. 언제부터 이렇게 됐지? 나는 아래를 내려다보고 오랫동안 방치된 기관에 힘을 주며 해소감을 느낀 후 지퍼를 올리고 변기의 물을 내렸다. 그런 다음 낡아서 올이 다 드러난 파란색 잠옷을 입고 침대에 들어갔다.

아가트 6

어느 토요일 오후, 나는 매주 한 번씩 하는 장보기를 마치고 파비용 거리를 슬슬 걸어 집으로 돌아가고 있었다. 늘 그렇듯 그 거리와 렌 대로(大路)가 교차하는 모퉁이에 자리한 작은 카페 앞을 지나치다가 그녀를 보았다. 아가트가 카페 안에 앉아 있었다.

그러나 그녀는 내가 아는 아가트와는 사뭇 달랐다. 그녀는 흰 살갗을 빛나게 하는 검붉은 블라우스를 입고 있었고 분명히 자리에 앉아 있으면서도 온몸을 부산스럽게 움직이고 있었다. 손으로 허공에 동그라미를 그리면서 한자리에 앉은 다른 세 명의 여성에게 뭔가를 설명하는 동안 앞머리 아래 아가트의 눈이 빛났다. 그녀가 못 참겠다는 듯 웃음을 터뜨리면서 고개를 뒤로 젖힐 때 입술이 유독 예뻐 보였다.

나는 엉겁결에 카페와 대각선 방향으로 마주 보는 작은 정원의 나무 뒤에 숨었다. 그 자리는 아가트라는 검붉은 점을 바라보기에 유리한 위치였다. 나는 그 카페에 그녀와 내가 마주 보고 앉아 있다면 그녀의 모습이 어떨까 상상해보았다. 나의 상상 속에서 그녀는 내가 방금 목격했던 것보다 훨씬 더 진지하지만 저 탐스러운 무방비의 입술은 그대로인 채로. 얼굴을 가리는 몇 가닥 머리칼을 젖힌 다음 나를 향해 몸을 내밀어 한 손을 내 팔에 얹었다.

나는 아가트가 다른 친구들에게 인사를 하고 카페를 나설 때까지 추접스러운 관음증 환자처럼 내처 그러고 있었다. 너무 오래 서 있어서 다리가 쑤시고 아팠지만 통증조차 거의 안중에 없었다. 그녀는 자기 집이 있는 시내 쪽으로 걷기 시작했고 나는 그 뒤를 따라갔다. 쇼핑백을 주렁주렁 든 채로 그녀를 미행하면서 나는 점증하는 욕망에 중독되었고 너무나 익숙한 부끄러움에 마음이 무거웠다. 그러다 그녀가 랑시엔 거리의 어느 하얀색 삼층집에 들어가는 모습을 보았다. 그 집 거실에 불이 켜졌다. 그녀가 그 집에서 자고, 씻고, 옷을 갈아입고, 나를 만나러 올 때마다 이 보도를 걸어온다는 사실을 알게 되자 묘하게 은밀한 기분이 들었다.

나는 거기 잠시 서 있으면서 여러 개의 쇼핑백 중 하나에서 뭔가를 찾는 시늉을 했다. 공연히 얇게 썬 햄 봉지를 들어 올리기도 하고, 달걀판을 옮기기도 했다. 벌겋게 달아오른 뺨 안쪽에서 맥박이 어찌나 격렬히 뛰던지 숨을 고르게 쉬는 것조차 힘들었다. 그 후, 왠지 떨어지지 않는 발걸음으로 그녀의 집 앞을 지나가다가 집 안의 모습이 보일 만한 곳에서 집 쪽으로 고개를 돌렸다. 내가 무엇을 보고 싶었는지는 모르겠다. 하지만 그녀가 나와 4미터쯤 떨어진 공간에서 의자 가장자리에 앉아 허공을 바라보는 옆모습이 보였다. 그 옆얼굴은 생기 없는 가면 같았다. 그러나 눈을 가늘게 뜨고 제대로 바라본 순간, 블라우스의 검붉은 천 위로 잉크 방울처럼 뚝뚝 떨어지는 눈물을 보았다.

내 집에 들어와 문을 닫을 때까지도 짜릿한 충격파 같은 흥분이 가시지 않았다. 오랫동안 누군가와 비밀을 공유하는 사이가 되고 싶었는데 바로 그런 비밀을 발견한 것 같은 기분이 들었다. 경이롭지만 금지된 선물이 내게 뚝 떨어진 것만 같았다. 내 몸이 마구 울리고 내 마음의 눈에는 아가트의 살짝 벌어진 입술이, 딱 맞는 블라우스 차림의 여윈 몸이 어른거렸다. 나는 한동안 환희에 나를 맡겼다.

그러다가 문득 정신을 차렸다. 말도 안 되는 일이었다. 아가트는 내 환자고, 나는 그녀의 의사이며, 내 일은 그녀를 돕는 것 아닌가! 나는 결연히 외투를 집어 들고 땅거미가 내려앉기 시작한 바깥으로 다시 뛰쳐나갔다.

호숫가의 공기는 간절히 원했던 찬물 샤워 같았다. 호수를 한 바퀴 돌고 나니 흥분은 사라졌다. 피곤함이 밀려왔고 나는 눈물 흘리는 아가트의 모습을 망막에 간직한 채 집으로 돌아가는 직선 코스를 택했다.

귀머거리, 벙어리, 장님

며칠 후, 마침내 그날의 진료를 마치고 나오니 오후는 저녁이 되어가고 있었고 275번의 상담은 266번으로 줄어 있었다. 해는 낮게 지붕에 걸려 있었고 내 지팡이와 땅이 부딪히는 규칙적인 소리를 제외하면 새들이 지저귀는 소리밖에 들리지 않았다. 거리를 지나가다가 어느 집 우편함에 쓰여진 이름에 우연히 눈이 갔다. 놀랍게도 내가 아는 몇 안 되는 이름 중 하나였다. 내가 이 도시에서 얼마나 오랫동안 얼마나 많은 사람을 만났는지 생각한다면 그들을 진료실 밖에서 볼 일이 거의 없는 게 도리어 놀랍긴 하다. 가끔은 그들이 내가 상상으로 만들어낸 사람들처럼 느껴진다. 쉬뤼그 부인조차도 어떤 면에서는 휴가를 냄으로써 진료소에서 나가 현실로 돌아간 것일지도 모른다.

집으로 가는 길은 마지막 경사면이 늘 제일 걷기 힘들었다. 9번지에 도착하자 기쁘기까지 했다. 내 손이 자동적으로 외투 주머니에서 열쇠를 찾는 동안, 시야 가장자리에서 어떤 움직임이 포착되었다. 옆집 남자였다. 나는 어둠에서 그를 끌어내고 싶은 기이한 충동에 휩싸였다. 나는 나의 이웃을 살과 피로 이루어진 진짜 인간으로 대하려는 뜻에서 모자를 벗고 큰 소리로 외쳤다. "안녕하시오, 옆집 양반!"

옆집 남자는 옆으로 돌아서 있었는데 내 인사에 미동조차 하지 않았다. 그는 그저 우편함을 열고 편지 한 통을 꺼낸 후 도로 닫았다. 다시 정원 쪽으로 들어가려고 고개를 들고서야 내 모습을 본 것 같았다. 그는 예의 바르게 고개를 살짝 숙였다. 나는 한 번 더 용기를 냈다. "안녕하시오, 옆집 양반."

그는 웃으면서 한 번 더 고개를 끄덕였다. 나는 불현듯 뭐에 씐 것처럼 그 사람에게 걸어가 이렇게 말했다.

"두 사람이 벽 하나만 사이에 두고 이리 가깝게 살면서 서로 아는 거라고는 없으니 이것도 참 재밌습니다그려, 그렇게 생각하지 않습니까?"

옆집 남자는 미안하다는 듯이 어깨를 으쓱하고는 손가락으로 먼저 자기 귀를 가리킨 다음 자기 입을 가리키고는 고개를 저었다. 내 안에서 뭔가가 철렁하고 떨어졌다. 배 속에서 뭔가가 거칠게 요동치고 두 다리에서는 힘이 쭉 빠졌다. 나의 이웃은 귀머거리였다. 그는 나의 존재를 알지 못했다.

나는 갑자기 홱 돌아서서 얼른 정원의 오솔길을 지나 우리 집 앞문으로 들어가서는 쾅 소리가 나게 문을 닫았다. 안압(眼壓)이 높아지는 것을 느끼면서 주방 의자에 털썩 주저앉았다. 시간이 꽤 많이 흐른 후에야 내가 여전히 지팡이를 손에 들고 외투도 벗지 않았다는 것을 알았다.

방문

그림과 휘갈겨 쓴 단어로 이루어진 차트 파일들을 모아서는 대기실로 비틀거리며 걸어가는 동안 중력은 내 입꼬리를 끌어내리고 있었다. 나는 피부가 늘어지다 못해 두 뺨이 카펫에 철썩철썩 부딪히는 모습을 그려보았다. 그러고는 큰 책상 쪽으로 걸어가다가 그녀를 보았다. 한때 언제나 똑같은 의자에 군림했던 그녀의 흐리멍덩한 복사본처럼, 그녀가 창문 아래 앉아 있었다. 나는 파일을 여전히 끌어안은 채 뭘 어떻게 해야 할지 몰라 그녀 앞에 멍하니 서 있었다.

마침내, 내가 한 손을 그녀의 어깨 쪽으로 내밀고 목청을 가다듬어 말했다.

"왜 이러고 있어요?"

내 음성은 너무 퉁명스럽고 컸다. 그러나 그녀는 내가 아예 안중에 없는 것처럼 보였다. 말문을 열기는 했지만 마치 자기 자신에게만 말하는 것처럼 나는 쳐다보지도 않았다.

"33일째 그이가 집에 있어요. 그 사람, 많이 아파요. 내 눈앞에서 죽어가고 있어요."

날짜를 꼬박꼬박 세는 사람이 나 하나만은 아니었다.

"쉬뤼그 씨가 어디 안 좋은 겁니까?" 내가 조심스럽게 물었다.

마침내 쉬뤼그 부인이 전에 한 번도 보인 적 없는 표정으로 나를 쳐다보았다. 그러고는 불쑥 이렇게 내뱉었다. "더는 못 견디겠어요! 우리가 속 시원히 얘기조차 나눌 수 없다는 게 제일 끔찍하고 힘들어요." 그녀의 목소리가 떨렸다. "토마는 겁에 질린 거예요, 난 알아요. 하지만 그이는 아무 말도 하지 않으려고만 해요. 우리는 뭐든 편하게 얘기하는 사이였는데!"

"정말 안됐군요." 내가 말하면서도 나 자신의 요령 없는 말주변에 질색을 했다. "내가 도울 수 있는 일이 있다면 꼭 알려주십시오."

알맹이 없는 말이었지만 쉬뤼그 부인은 이 격려의 말을 필요로 했음이 분명했다.

"선생님께서 그 사람이랑 얘기 좀 해보시겠어요?" 그녀가 절박하게 말했다.

나는 당혹스러워하며 고개를 저었다.

"하지만 내가 말한들 무슨 도움이 되겠습니까?"

"그이가 누군가와 이야기를 나누면 그이에게 도움이 될 것 같아요. 하지만 우리는 종교가 없고 그이는 자기 의사를 별로 좋아하지 않아요."

"아니, 그래도……."

그녀가 내 말을 중간에 끊었다. "아침에 일어나면 남편이 이미 저세상 사람이 되어 있는 게 아닐까 불안해서 잠도 못 자요. 그이가 이런 식으로 가버린다면 전 정말 못 살아요. 매트리스를 남편 침대 밑에 놓고 밤새 그이 곁에 누워 그이의 숨소리에 귀를 기울이고 있어요."

"쉬뤼그 부인, 부디 내가……."

나는 재차 말하려 했다. 나란 인간은 일단 진료실을 벗어나면 다른 인간과 어떻게 말을 해야 하는지 아예 모른다고, 정말로 그렇게 말하고 싶었다. 누군가와 정상적인 대화를 나눈 지가 너무 오래되어 진지하게 그 생각을 하면 상처가 될 지경이다, 달리 말하자면 나란 놈은 구제 불능이다. 이런 나에게 쉬뤼그 부인이 도움을 청하는 게 너무 웃긴다는 생각이 들었다. 그러나 그녀가 나에게 기대하는 바는 명백해 보였다.

"당연히 내가 남편분과 말해보겠습니다. 며칠 안에 시간을 내어 댁에 한번 들르겠습니다."

"오, 정말 고맙습니다, 선생님!"

힘이 잔뜩 들어간 그녀의 안면 근육이 확 풀어졌다. 그녀는 한동안 내 손을 두 손으로 꼭 잡고 있었다.

쉬뤼그 부인이 돌아가고 나자 비로소 불편한 감정이 거세게 일어나 심히 괴로워졌다. 수도꼭지에서 쏟아지는 물에 손을 내민 채로, 나는 차가운 벽에 이마를 기대고 욕실에 한참 서 있었다. 천천히 호흡을 다스리면서 모든 생각의 접근을 물리치고 내 몸을 부동 상태로 두는 데에만 정신을 집중했다.

나는 모든 일을 되돌려놓을 수 있기를 그 무엇보다 간절히 원했다. 평소처럼 판에 박힌 생활로 돌아가, 죽어가는 남자 일은 잊고 카운트다운에 몰두하고 싶었다. 231, 230, 229,……. 하지만 나조차도 그럴 수 없다는 것은 알았다. 내가 서툴기 짝이 없는 방식으로나마 꽤 좋아하는 내 비서가 내게 도움을 청했다. 최소한의 시도조차 하지 않는다면 나란 인간이 무슨 쓸모가 있단 말인가?

길을 잃다

그날 밤 나는 창밖에서 들어오는 어슴푸레한 빛과 옷장의 모서리밖에 보이지 않는 어둠 속에 누운 채 아주 오랫동안 잠을 이루지 못했다. 처음에는 남편의 숨소리에 귀 기울이며 마음 졸일 쉬뤼그 부인을 생각했다. 그녀가 내가 해주기를 바라는 일을 생각했다. 그러다가 정원에서 지저귀는 새들의 수다가 조금씩 소란스러워질 무렵, 어느 날 죽음이 나를 찾아오면 내가 과연 살아보려고 몸부림치기나 할지 궁금해졌다.

자명종이 울렸을 때 나는 어쩔 수 없이 일어나 서털구털 평소늘 하던 일을 했다. 기상, 찻물 끓이기, 냉장고에서 우유 꺼내기 등 판에 박힌 일을 되풀이했다. 그러나 불편한 기분은 가시지 않았다. 그래도 빵을 깨작깨작 먹고, 평소보다 시간을 오래 들여

목욕을 하고, 다 똑같은 르 타이외르 셔츠 다발에서 깨끗한 셔츠를 꺼냈다. 그러고 나서는 녹초가 되어, 점점 더 엉망이 되어가는 나의 진료소로 나섰다.

상담을 진행하기가 힘들었다. 브리에 부인이 무관심을 거의 숨기지도 않는 자기 어머니 얘기를 하는 동안, 나는 거의 울 뻔했다. 내가 하도 많이 코를 풀고 기침을 해대서 브리에 부인이 나보고 감기에 걸린 게 아니냐고 묻기까지 했다. 나는 불안했고 내 마음속에는 슬픔과 비슷한 그 무엇이 꽉 들어찼다. 내가 인간의 고통이 압축된 이 하루를 과연 버틸 수 있을지 자신이 없어졌다. 브리에 부인은 상담을 마치고 나가기 전에 악수를 하면서 이렇게 말했다.

"아무도 마음 써주지 않는 사람은 한낱 미물처럼 생을 마치게 되는 셈이죠. 저는 때때로 그런 존재는 사실상 사람이라고 할 수도 없지 않나 생각한답니다."

다음 환자는 열여덟 살 소녀 실비였으나 오늘은 예고도 없이 오지 않았다. 환자가 상담을 빼먹는 일은 몹시 드물었지만 솔직히 메시지를 받아줄 비서가 줄곧 없었으니 실비가 예약을 취소하려다 못했는지 예고 없이 안 오는 건지 나로서는 알 길이 없었다. 오늘 하루의 힘겨웠던 첫 시작을 생각하면 안도의 한숨이 나올 법했지만 나는 오히려 공황에 빠졌다. 상담이 취소되었기 때문에 내가 가장 피하고 싶었던 상태로 돌아갈 수밖에 없었기 때문이다. 오만 가지 혼란스러운 생각이 내 머릿속에서 자리를 차지하기 위해 다투었다. 내가 쉬뤼그 씨와 얘기를 나누었는데 아무런 효과가 없다면 쉬뤼그 부인이 뭐라고 할까? 자기 인생도 제대로 건사하지 못하는 인간이 어떻게 낯선 이가 편히 죽음을 맞이할 수 있도록 도울 수 있단 말인가?

나는 생각을 끊고 싶어서 의자에서 일어나 접수대 구역으로 나갔다. 그곳에서 쉴 새 없이 왔다 갔다 하고, 잡지 몇 권을 정리하고, 광장으로 난 창가에서 잔디밭을 구경하고, 문가에서 거리를 내다보며 나의 환자가 오고 있는 중은 아닌지 확인했다. 그러나 실비는 코빼기도 보이지 않았고 나에게 평화는 없었다. 내 기분은 점점 더 가라앉았다. 나를 둘러싼 피부가 그물처럼 나를 옥죄었다. 입을 벌렸다 다물었다 하고, 어깨를 빙글빙글 돌리고, 등을 쫙 폈다. 하지만 내 육신은 공간이 충분치 않았다. 나는 거의 제정신이 아닌 상태로 지팡이를 집어 들고 쏟아지는 햇살 아래로 뛰쳐나갔다. 어디로 가고 있는지 몰랐지만 단지 진료소에 계속 있을 수 없다는 것만은 확실했다. 그래서 나는 되는 대로 왼쪽으로 돌아 거리를 따라 쭉 걸어갔다. 아무것도 눈에 담지 않고 헉헉거리면서 걷는 데만 집중했다. 혼란스러운 이미지들이 나를 스치고 갔다. 긴 의자의 초록색 원단과 닿아 있는 아가트의 부드러운 살갗, 홀로 내 집 창가에 서 있는 나, 서로 꼭 껴안은 쉬뤼그 부인과 남편 토마. 이따금 유모차를 밀고 오던 사람이

나하고 부딪힐까 봐 급히 방향을 꺾곤 했다. 그러나 나는 그들에게 거의 주의를 기울이지 않았다. 나는 내 한 몸 쓰러지지 않도록 유지하는 데에만 온전히 몰두했다. 마침내 길바닥에 주저앉았을 때 나는 내가 어디에 와 있는지조차 알지 못했다.

서서히 호흡이 고르게 돌아오면서 내가 어딘가에서 지팡이를 떨어뜨렸다는 것을 알았다. 당황해서 주위를 두리번거렸다. 나는 잘 관리된 정원과 도로 사이에 차가 넘어가지 않게 세워놓은 경계석 위에 앉아 있었다. 잠시 후 기력이 어느 정도 회복되자 차가운 돌에 의지해 일어섰다. 다리가 엄청나게 후들거리고 진이 빠지긴 했지만 몸은 아직 내 말을 들었다. 불안정한 걸음으로 거리를 따라 걷는 동안 시야가 다시 트이기 시작했고 세상이 되돌아왔다. 나는 나 자신을 꾸짖었다. 돌대가리 같은 놈, 왜 이렇게까지 정신을 못 차려? 그러면서도 나는 내일도 똑같은 일이 일어날 수 있다는 것을 알았다. 그리고 내가 이 사태를 예방할 가능성은 없다는 것도.

그 길 끝까지 와서 지팡이를 발견했다. 그리고 얼마 지나지 않아 내가 아는 거리가 나왔다. 거기서부터 절뚝거리며 진료소로 돌아갔다. 그날 남은 세 건의 상담을 평소보다 더 건성으로, 배에서 꼬르륵 소리를 내면서 진행했다. 나는 기진맥진해서 비틀거리며 의자에 앉았다. 셔츠가 풀 먹인 종이처럼 내 몸에 빳빳하게 달라붙었다. 내가 그날 한 말은 '안녕하세요'와 '안녕히 가세요'밖에 없었다.

그날 마지막 환자였던 겁 많은 모레스모 부인이 평소처럼 문을 세 번 열었다 닫았다 하고 떠난 후에 나는 비로소 몇 시간 만에 처음으로 숨을 내쉴 수 있었다. 나를 기다리고 있던 구토가 톡 쏘듯 올라왔다. 화장실로 달려가 토악질을 하는 동안 나는 좌절감에 죽을 것만 같았다.

아가트 7

"저는 화가 났던 것 같아요. 아니, 화가 났던 게 맞아요. 그때는 감히 그런 감정을 느낄 수 없었어요. 하지만 그때 노래를 그만두었죠. 피아노에는 거의 손도 안 댔어요. 그 후로 손목을 긋기 시작했어요."

그녀의 뒤쪽에 있는 내 자리에 앉아 있던 나는 그 부드러운 뺨의 곡선을 바라보았다. 그녀의 눈가에서 잔주름이 또렷해지는 것을 보았다.

"왜 이런 얘기를 하는지 모르겠어요. 선생님은 어떻게 생각하세요? 피아노 대신 과도(果刀)를 쓰게 된 사람은 도대체 뭘까요?"

그녀의 목소리에 씁쓸한 웃음이 묻어 나왔다.

"음, 글쎄요. 그러지 말란 법은 없겠죠." 나는 대답했다. "고통과 승화를 통해 만들어진 모든 예술을 생각해보세요."

그녀는 진녹색 원피스를 입고 그 위에 회색 블라우스 같은 것을 걸치고 있었다. 굽이 약간 있는 짙은 색 구두의 코가 긴 의자 끄트머리로 살짝 튀어나와 있었다. 그녀는 발을 젖혔다 폈다 하고 있었다. 처음에는 이쪽 발, 다음엔 저쪽 발로 번갈아가면서.

"어쨌든 그런 식으로 시작됐던 거예요. 그 후로 저는 자해를 하고, 제 머리카락을 잡아 뜯고, 이런저런 물건으로 저 자신을 때리고, 피가 날 때까지 머리를 벽에 찧곤 했죠. 확실하게 말씀드릴 수 있는 건요, 그런 방법이 에테르나 수면제보다 효과가 좋다는 거예요!"

"그럴 수도 있죠. 하지만 그런 방법으로 고통을 억누를 순 있어도 제거할 순 없어요. 머리를 벽에 찧어서 아가트가 안고 있는 문제 중 어느 하나라도 해결된 게 있나요? 아가트는 예전에 했어야 했는데 하지 않았던 어떤 일을 두고 자기 자신을 벌주고 있을 뿐이에요."

내가 너무 꼰대처럼 말하는 것 같아서 짜증이 났다. 아가트가 활짝 웃는 것을 보고 나는 그녀가 나를 우스꽝스럽게 생각한다고 믿어 의심치 않았다.

"아뇨, 선생님. 그런 게 아니에요. 선생님 말씀이 맞아요. 그러니까 제가 그런 짓을 그만둬야 한다는 거죠? 신선한 얘기네요."

"솔직히 말해봐요, 웃기는 소리처럼 들려요?" 내가 불쑥 물었다.

"그렇지 않다고 분명히 말씀드릴 수 있어요." 그녀가 신랄하게 대답했다. "저는 산 채로 제 삶 속에 매장된 사람이에요! 사형수가 교수대를 두고 하는 농담의 의미를 선생님은 꿰뚫어볼 수 있어야 할 텐데요."

나는 그녀 쪽으로 몸을 내밀었다. "그런데 당신은 무슨 잘못을 저질렀나요, 아가트? 왜 그렇게 자신에게 화가 나 있나요?"

아가트가 혀 차는 소리를 냈다. "제 얘기를 계속 들으시긴 한 건가요, 선생님?"

"네, 그렇다고 생각합니다. 하지만 날 좀 잘 봐주세요. 내가 알아들을 수 있게 설명을 해달라는 뜻입니다."

그녀는 앞머리가 날릴 정도로 격하게 숨을 내쉬었다. 이윽고 대답하는 그녀의 목소리는 평소의 리듬으로 돌아와 있었다. "제가 아무것도 이루지 못했기 때문에 화가 나요. 뭐라도 되어 있어야 하는데 전 지금 아무것도 아니잖아요."

우리가 치료를 진행한 이래 처음으로 그녀의 눈에 맺힌 촉촉한 습기가 눈물이 되어 관자놀이를 지나 새하얀 목덜미로 흘러내렸다. 나는 대화의 흐름을 유지하려고, 아가트의 모든 이미지를 한데 뒤섞지 않으려고 이를 악물고 집중했다.

"진부한 애기라면 죄송하네요. 선생님은 분명히 이런 말을 들으신 적이 있을 거예요. 하지만 전 제가 진짜 특별한 사람이라고 생각했었답니다." 아가트가 말했다.

"당신은 지금도 그렇게 생각해요. 적어도 부분적으로는." 내가 대꾸했다. "그게 아니라면 당신이 그렇게까지 화가 날 이유가 없어요. 그렇지만 동시에 다른 생각도 드는 거죠?"

"무슨 뜻이에요?" 그녀는 손등으로 눈물을 훔치고 콧물을 들이마셨다.

"자신이 완전히 독특하다고 느끼는 동시에 완전히 하찮은 존재라고 느낄 수도 있다는 말입니다."

아가트가 천천히 고개를 끄덕였다. "그 말씀은 맞는 것 같아요. 어떨 때는 제가 살아갈 자격도 없는 것 같지만, 또 어떨 때는 아무도 저한테는 상대가 되지 않는다는 생각이 들기도 해요. 참 바보 같죠?"

죽음의 자리

마침내 더는 미룰 수 없게 됐다. 그 집으로 가는 동안, 지난 며칠간의 불안은 지금 느끼는 비현실성에 비하면 아무것도 아닌 것 같았다. 내가 지금 무슨 곤경을 자초한 거지?

문 앞에서 좀 기다렸더니 쉬뤼그 부인이 나왔다.

"안녕하세요, 선생님. 이렇게 와주셔서 정말 감사합니다. 안으로 들어오세요."

부인은 그렇게 말하고는 문을 활짝 열어젖히고 옆으로 물러났다. 그녀의 얼굴은 조각조각 부서졌다가 불완전하게 다시 맞춰진 것처럼 보였다. 그 얼굴을 보니 당장 뒤돌아서서 정원의 오솔길을 후다닥 달려 나가 내가 아까 내렸던 그 땀내 진동하는 버스에 올라타고 싶었다. 하지만 나는 그러는 대신에 그 집 문턱을 넘었고, 그 순간 베틀 비슷한 물건에 걸려 넘어질 뻔했다. 놀라서 소리를 지르려다가 가까스로 참았다. 집 안에는 온갖 물건이 마구잡이로 널려 있었다!

"그건 저 주세요."

쉬뤼그 부인은 내 지팡이를 받아서 다양한 색깔의 우산이 족히 열 개는 꽂혀 있는 우산꽂이에 넣고 내 외투를 신문 더미 위에 걸쳐놓았다. 나는 당황해하면서 모자 둘 곳을 찾으려 두리번거렸다. 신발, 주전자, 낚싯대, 그리고 물뿌리개가 한 집에 그렇게 많이 쌓여 있는 건 처음 봤다.

"이쪽입니다."

쉬뤼그 부인이 좁은 현관으로 나를 인도했다. 그녀는 환자가 쓰는 것으로 보이는 방 앞에서 멈춰 섰다.

"남편이 깨어 있는 것 같긴 한데요, 혹시 자고 있으면 깨우셔도 돼요."

나는 고개를 끄덕였다.

"저쪽에 있을 테니 필요하면 부르세요."

쉬뤼그 부인은 그렇게 말하고 복도로 걸어갔다.

"아니, 잠깐만." 나는 다급하게 외쳤다. "남편분은 어디가 편찮으신 겁니까?"

쉬뤼그 부인이 돌아서서 내 눈을 똑바로 보며 말했다. "암이에요."

그녀는 죽음이 지키고 있는 문 앞에 나만 덩그러니 남겨놓고 주방으로 들어갔다.

조심스럽게 노크를 하고 안으로 들어갔다. 쉬뤼그 씨는 방 한가운데 놓여 있는 더블베드에 누워 얼굴만 퀼트 이불 밖으로 내놓고 있었다. 털이 길고 수북한 눈썹 사이에는 깊은 고랑이 파여 있었다. 그러나 내가 침대로 다가가자 그의 고통스러운 표정이 친절한 미소로 바뀌었다.

"안녕하십니까, 선생님. 어서 오십시오."

방 한쪽 구석에 안락의자가 있기에 나는 어렵사리 그것을 침대머리 쪽으로 끌고 갔다. 의자가 상당히 낮아서 바닥에 주저앉듯이 자세를 낮춰야 했다. 문득 이런 생각이 들었다. 언젠가 내가 앉은 자리에 내처 앉아 있게 될 거라고, 내 발로 다시 일어나지 못할 거라고. 내 집 창가의 안락의자나 백조들이 내 주위에서 스르르 잠드는 호숫가 벤치에서.

"오늘은 기분이 좀 어떠세요, 쉬뤼그 씨." 내가 물었다.

"고맙습니다. 좀 괜찮아졌어요." 그가 대답했다. "와주셔서 감사합니다. 아내가 나를 더는 참아줄 수 없는 지경까지 왔다는 생각이 들거든요."

하얀 베개에 푹 파묻혀 있는 얼굴, 청결한 침대 시트 냄새 아래 도사리고 있는 질병의 악취.

나는 아무 말도 하지 않았다. 무슨 말을 해야 할지 몰랐으니까.

그는 목청을 고르고는 말을 이어나갔다.

"토마라고 부르세요, 선생님. 선생님과 잘 알고 지내던 사이는 아니지만 완곡하게 돌려 말하지 않으려고 해요. 나는 아내에게 무거운 짐입니다. 내 두려움 때문에 아내가 더 힘들어하는 건 싫습니다. 하지만 사실이 그런걸요. 나는 죽도록 두렵습니다."

토마의 말은 뚝뚝 끊겼다. 입안에 공기를 모았다가 한마디 내뱉고, 또 숨을 들이마시고 한마디를 내뱉는 식이었다.

"난 당신이 절대 짐이 아니라고 생각합니다." 내가 말했다.

그러나 토마는 대꾸하지 않았다. 그 침묵은 정말로 참기가 힘들었다. 이런 생각이 들었다. '알고 있었어. 내가 두려워했던 게 바로 이거야!'

잠시 후, 베개에서 목소리가 들렸다. "죽음을 아세요?"

내 이마에 주름이 잡혔다.

"다들 그렇지 않나요?"

나는 이렇게 대답하려 했다. 하지만 이 말이 공허하다는 것을 알 수 있었다.

"나는 오랜 세월 환자들을 만났죠. 중병을 오래 앓거나 정말로 가까운 이를 저세상으로 떠나보낸 사람들을 많이 보았습니다."

이 말은 아까보다 더 별로일 것 같았다.

결국 나는 고개를 저었다. "아뇨, 모릅니다. 죽음에 대해서는 몰라요."

토마가 미소를 지으며 몇 번 고개를 끄덕였다.

"네, 그렇죠. 죽음은 닥치기 전까지는 모르는 겁니다. 정말로 안다고는 할 수 없어요."

회색 살갗에 수염이 꺼칠한 턱이 껌을 씹는 것처럼 경련했다. 나도 저런 모습이 될 날이 얼마나 빨리 닥치려나, 그게 궁금해졌다. 내 머리카락은 반백이지만 검은 머리카락도 제법 남아 있었다. 그러나 만약 내가 심각한 병에 걸리면 검은 머리카락은 오래가지 못할 터였다. 근육과 지방을 합쳐서 10킬로그램쯤은 순식간에 빠질 테지.

"매일 밤 여기 누워서 아내의 숨소리를 들어요. 어떻게 내가 이 여자를 두고 떠날 수 있을까 생각하면서요."

과연 환자의 침대 오른쪽 바닥에는 매트리스와 베개, 깃털 이불이 놓여 있었다. 내가 앉아 있는 침대 왼쪽, 침대머리 옆 협탁 위에는 스탠드, 물 한 잔, 자그마한 대야, 박하사탕이 있었다. 고작 그런 것들이 죽음의 대비책이었다.

"토마, 솔직히 말해 내가 도움이 되기나 할지 잘 모르겠습니다. 난 아무도 사랑한 적 없는 사람이거든요."

나도 모르게 이 말이 튀어나왔다. 그러나 토마는 순순히 대꾸했다.

"네, 그렇죠. 모두가 그렇게 운이 좋지는 않아요. 선생님은 죽음을 좀 더 수월하게 맞이할 수 있을지도 모르겠네요."

"죽음은 그럴지도 모르죠. 하지만 삶은 더 힘들답니다."

그가 돌 위에 돌이 떨어지는 소리를 내면서 웃었다.

"일리 있는 말씀이네요." 그의 웃음소리는 기침으로 변했고 그는 쉭쉭 숨을 몰아쉬며 이렇게 말했다. "사랑이 없는 삶은 살 가치가 없죠."

나는 그를 보고 미소 지었다. 우리는 잠시 아무 말도 하지 않았다. 이윽고 내가 다시 물었다.

"두렵다고 했죠?"

"무서워 죽을 것 같아요!" 그가 다시 한번 눈으로 미소를 지으며 말했다. "이 말을 입 밖으로 내뱉으니 홀가분하네요."

"그게요, 나도 두렵습니다. 왠지 모르겠는데 무서워요." 내가 고백했다.

"아내의 얼굴을 다시는 볼 수 없다는 게 제일 끔찍합니다. 아내가 없는 곳으로 떠난다는 게 말이에요."

그가 하는 말을 어느 정도는 이해했다.

"토마가 놓아버려야 하는 대상은 아내가 아닐지도 모릅니다. 어쩌면 아내를 제외한 다른 모든 것 아닐까요?"

내가 말을 하고도 이게 말이 되나 싶긴 했지만 토마는 두 손을 뻗어 며칠 전 쉬뤼그 부인이 그랬던 것처럼 내 손을 꼭 잡았다.

"맞아요." 그는 힘이 잘 들어가지도 않는 손으로 애써 내 손을 부여잡았다. "나는 아내를 절대 놓지 않을 겁니다. 하지만 나머지는 다 놓아버릴 수 있을 거예요."

그의 손에서 힘이 빠지는 것을 느꼈다. 토마가 다시 숨넘어갈 것처럼 마른기침을 했다. 내가 물잔을 건네자 그는 받아서 몇 모금을 마셨다.

"선생님이 뭐가 두려운지 꼭 알아내시기 바랄게요." 그는 다시 베개에 머리를 기대며 쉰 목소리로 말했다. "나머지는 다 끔찍한 쓰레기일 뿐이에요."

나는 그를 내려다보고 어깨를 으쓱했다. 그럼, 지금까지의 내 인생은 대부분 쓰레기 아니었을까? 나는 그에게 다시 물었다.

"토마는 자기가 두려워하는 것을 어떻게 알아냈습니까?"

"경험으로요." 토마는 방황하던 시선을 거두고 눈을 감으며 대답했다. "가장 간절히 원하는 것부터 찾아보세요."

아가트 8

"아버지를 닮았다는 말을 많이 들었어요. 사람들이 그런 말을 하면 아버지는 굉장히 좋아하셨죠. 장애가 있지만 가정을 꾸리고 자식도 봤다는 자부심이 있었던 것 같아요. 저는 일종의 자랑거리였죠. 피아노를 쳐라, 아가트. 연주를 해보렴!"

그 말은 경멸조였다.

"재능이 있었나 봐요?" 나는 물었다.

당연히 그녀는 재능이 있었다. 아가트는 고개를 끄덕였다.

"부모님은 저에게 잘한다 소리를 절대 안 하셨어요. 제가 못 듣는다고 생각할 때만 다른 사람들에게 자랑스럽게 말씀하시곤 했죠. 하지만 사실이 그랬어요. 저는 굉장히 뛰어난 아이였죠."

"그런데 그게 행복하지 않았나요?"

나는 그녀의 가느다란 손가락을 보며, 그녀가 일부러 실수하려고 작정하면서 그 손가락으로 건반을 내리치는 모습을 상상했다. 그러다 문득 내가 오로지 아버지를 위해서 바이올린을 연습했다는 걸 깨달은 날이 떠올랐다. 아버지를 실망시키면 안 된다는 일념으로 연습에 몰두했고, 한 곡을 무사히 마칠 때마다 느낀 감정은 오로지 안도감뿐이었다는 걸.

아가트가 고개를 끄덕였다.

"네, 저는 정말 싫었어요. 피아노도 싫었고 부모님이 제 얘기하는 것도 싫었어요. 당신들이 얼마나 좋은 부모인지 남들에게 보여주기 위한 쇼였으니까요. 저 자신과는 상관도 없는 일이었어요."

엄밀히 따지자면 상담 시간은 이미 끝났지만 그녀의 말을 끊고 싶지 않았다. 나는 정말로 다음 환자를 기다리게 하더라도 아가트와 좀 더 있고 싶었다. 그녀의 새하얀 살갗을 바라보면서 저 살갗이 내 손바닥에 닿으면 어떤 느낌일지 상상하고 싶었다. 그녀에게 질문을 던지고 내가 과연 적절한 말을 찾아내어 그녀를 도울 수 있는지 알고 싶었다.

하지만 미묘한 변화를 감지했을까. 내가 움직이지도 않고 아무 말도 하지 않았는데 아가트는 긴 의자에 일어나 앉았다. 깊이 잠들었다가 막 깨어난 어린아이처럼 그녀는 머리칼이 눅눅하니 헝클어져 있었다.

"오늘은 여기까지인 것 같네요. 화요일에 뵐게요, 선생님."

그녀는 연습한 듯한, 찡그린 표정에 가까운 미소를 지었다. 나는 고개를 끄덕였다.

"그럽시다. 잘 가요, 아가트. 즐거웠습니다."

그녀의 손이 내 손아귀 안에 잠시 머물러 있었다. 이윽고 그녀가 진료실에서 나갔다. 나는 아직 그녀의 온기가 남아 있는 긴 의자에 앉아 길고 감미로운 숨을 들이마셨다. 그 후에야 카르메유 부인을 진료실 안으로 불러들이고 나에게는 이 부인도 똑같이 중요한 환자라고 생각하려 애썼다.

눈

아침에 일어나 보니 새하얀 얇은 막이 도시를 감싸고 있었다. 나는 늘 방음 처리된 듯한 느낌이 들곤 하는 겨울이 좋았다. 무슨 요일이든 햇살보다는 눈이 더 좋았다. 하지만 봄에서 여름으로 넘어가는 길목에 눈이라니, 예상치도 못했다. 그래서 그날의 눈은 각별히 더 애틋했다.

눈은 비밀스러운 발자국들의 세계를 드러냈다. 개 발자국, 장화 밑창, 아이의 작은 발자국 등이 학교 쪽으로 갈라지거나 진료소를 지나 시내 중심가 쪽으로 이어졌다.

먼지와 파리 시체가 창턱에 쌓여가는 진료소에서, 나는 그날의 첫 번째 환자를 맞이했다. 내 환자들을 괴롭히는데도 내가 어찌할 수 없는 모든 것을 나는 진심, 또 진심으로 저주했다. 감정적으로 싸늘한 결혼 생활이나 책장 뒤에 몰래 숨겨놓은 술병 등의 문제들이 있었다. 환자들이 평생에 걸쳐 허물어뜨린 것을 복구하기 위해 일주일에 고작 몇 시간 상담하는데, 치료 효과가 있어봤자 얼마나 있겠는가?

알메다 부인이 들어왔다. 그녀는 쿠션에 머리를 들이박은 얘기를 한 번 더 늘어놓기 시작했다. 내가 그녀의 뒤쪽에 앉은 채 지루함을 못 이겨 조용히 숨을 거두더라도 저 여자가 알아차리기나 할까 싶었다. 쉬뤼그 부인이 곧 남편과 사별한다는 생각을 하니, 장갑을 사면서 거스름돈을 10상팀 덜 받았다는 사실에 강박적으로 집착하는 이 여자에게 정나미가 떨어졌다!

쓴소리가 목구멍에서 치밀어 올라 기어이 입 밖으로 튀어나오고 말았다.

“부인, 그만 좀 하세요.” 내가 그녀의 말을 끊었다.

사람이 자기가 한 말에 대경실색할 때가 더러 있다. 지금이 바로 그런 경우였다.

“부인은 여기 오실 때마다 다른 사람들이 얼마나 쓸모없는지 그 얘기만 하다가 가시잖습니까. 저도 정말 돌아버릴 것 같습니다! 여기 다닌 지 3년이 다 되어가는데 부인은 그동안 게으른 남편 흉만 보았고 저한테 들어야 할 말은 안중에도 없었죠. 이제 그만하세요!”

알메다 부인은 엉거주춤 팔꿈치로 짚고 몸을 일으키더니 믿을 수 없다는 눈으로 나를 쳐다보았다. 늘어진 턱살이 희미하게 떨렸고 두 눈은 왕방울만 해졌다.

"부인, 우리가 실험을 하나 했으면 합니다. 여기 오셔봤자 부인에게 크게 도움이 되는 건 없어 보입니다. 그러니까 새로운 시도를 해보자는 거예요. 다음 주에 다시 볼 때까지 절대 흥분하지 마세요. 무슨 말이냐 하면, 남편분에게 의사가 절대 안정을 취하라고 했으니 집안일이나 기타 신경 써야 할 일을 다 맡아달라고 부탁하세요. 그러고 나서 화창한 날씨를 만끽하거나, 책을 읽거나, 뭔가 하고 싶은 일을 하세요. 좋아하는 친구분들도 만나시고요."

알메다 부인은 얼굴이 붉으락푸르락해서는 마구 씩씩거렸다.

"베르나르는 요리를 못해요! 빨래도 못하고 다림질도 못한다고요! 그 사람은 아무것도 할 줄 몰라요!"

나는 어깨를 으쓱했다. 내가 베르나르까지 신경 쓸 필요는 없었다.

"남편분에게 기회를 주기 전까진 모르는 겁니다." 나는 내가 할 수 있는 최대한에서 친절하게 말했다. "이건 그냥 실험이라니까요. 밑져야 본전입니다. 일단 최선을 다해 제 지시를 따라주시고 다음번에 결과를 보고 얘기합시다."

알메다 부인이 다시 몇 초간 나를 빤히 쳐다보았다. 뭔가 얘기를 하고 싶은데 현실감이 나지 않아서 적절한 단어를 찾지 못하고 있는 것처럼 보였다. 나는 의자에서 일어나 상담 시간이 끝났음을 알렸다. 그녀는 기계적으로 나를 따라 문 앞까지 걸어갔다.

"음, 이런 말은 태어나 처음 들어봤네요."

그녀는 겨우 이렇게 말했다. 나는 웃음이 터져 나오려는 것을 가까스로 참았다.

"변화가 필요하다고 생각합니다, 부인. 그렇게 생각하지 않으세요?"

그녀가 마지막으로 한 번 더 못 믿겠다는 눈으로 나를 쳐다보더니 내가 뭘 훔칠까 봐 겁나는 사람처럼 가방을 가슴팍에 끌어안고 긴 치마에 예의 고상한 척하는 잔걸음으로 떠났다.

알메다 부인이 떠난 후 나는 잠깐 저 사람을 다시 볼 수 있을지 의문이 들었지만, 다시 보게 되리라 생각했다. 그녀는 자신의 희생을 알아줄 사람이 절실했고 나머지는 아무래도 상관없었다. 알메다 부인이 여기 아니면 어디 가서 하소연을 늘어놓을 수 있겠는가?

그날 진료는 끝났다. 진료소 문 닫는 일만 남았다. 그러자 두려움이 엄습했다. 맥박이 어찌나 격렬히 뛰는지 몸이 다 떨려서 마치 내가 격정적인 작곡가의 손에 들린 소리굽쇠가 된 것 같았다. 전에도 몇 번 그런 적이 있었기에 망정이지, 처음이었으면 내가 죽어가고 있다고 철석같이 믿었을 것이다. 나는 진료실에서 대기실까지 가는 중에도 환자용 의자에 앉아서 숨을 몰아쉬어야 했다. 그러다 한참 후에는 가만히 있는 것도 참기 힘들어서 겨우 일어났다.

다리가 후들거렸다. 그러나 나는 그날 반쯤 그린 그림이 들어있는 알메다 부인의 파일을 기어이 제자리에 꽂고 이른 저녁 속으로 걸어 나갔다. 지붕에는 여전히 종이처럼 얄팍한 눈이 남아있는 반면, 축축한 땅에는 검은색, 초록색 조각들이 드러나 있었다. 찬 바람에 폐가 찢어지는 듯했다.

땀이 서서히 말랐다. 나는 지팡이를 꽉 쥐고 도시를 가로질러 집과 반대 방향으로 걸어갔다. 그녀의 집을 몇 미터 앞에 두고서야 내가 어디에 왔는지 알았다. 그녀의 모습을 잠깐이라도 볼 수 있다면 기분이 좀 나아질 것 같았다. 나는 그렇게 믿어 의심치 않았다. 그녀가 존재한다는 것을 확인할 수만 있다면.

그러나 아가트는 거기에 없었다. 그 대신, 관자놀이가 높고 비쩍 마른 남자가 식탁에 앉아 신문을 읽고 있었다. *쥘리앙.* 불현듯 반감이 치밀어 올랐다. 아가트는 저 남자의 어디가 좋았던 거지? 왜 자기를 행복하게 해주지도 못하는 남자와 함께 사는 거야?

그 순간, 그 남자가 고개를 들었다. 내가 그의 흐리멍덩한 동태 눈깔을——솔직히 말하자면 그저 평범한 푸른색 눈동자였다——똑바로 본 시간이 몹시도 길게 느껴졌다. 수치심과 분노에 휩싸인 나는 겨우 그 자리에서 발걸음을 돌려 황급히 걸어갔다.

아가트 9

“당신은 뭐가 두려운가요, 아가트?”

“아, 저도 이제 잘 모르겠어요. 사람들은 모두 뭘 두려워하는 걸까요?” 그녀는 절망스럽다는 듯 손을 떨어뜨렸다. “그냥 삶 자체가 위험해진 것 같아요. 음악을 연주하는 것도 두렵고 연주를 멈추는 것도 두려워요. 사람들에게 다가가는 것도 두렵고 혼자 있는 것도 두려워요. 내 자리는 어디에도 없어요!”

“그래도 노력해봐야죠, 아가트. 우리가 하는 일이 모여서 인생이 됩니다. 그런데 지금 아가트는 아무것도 하지 않고 있어요.” 내가 말했다.

그녀는 짜증 내듯 신음하며 자세를 바꾸었다.

“하지만 일이 또 안 풀리면 제가 뭘 할 수 있겠어요. 저는 지금까지 실패만 해왔어요. 정말 못 참을 노릇이죠!"

생각지도 않았던 애틋한 감정이 확 밀려왔다. 나는 손을 내밀고 싶은 충동을 꾹 참아야 했다.

"그런데 아가트, 인생이 뭐라고 생각합니까?" 나는 다정하게 물었다.

"무슨 뜻이죠?"

"당신이 생각하는 아름다운 인생의 기준이랄까, 공식이랄까, 그런 게 따로 있는 것 같아서요. 그걸 이루지 못해서 삶 자체를 중단하고 있는지도 몰라요. 내 말이 맞습니까?"

그녀가 벌떡 상체를 일으켰다. 무릎 양쪽에 놓인 두 손으로 의자를 움켜잡았다.

"인생은 너무 짧기도 한 동시에 너무 길기도 한 것 같아요. 어떻게 살아야 하는지 배우기에는 너무 짧아요. 하지만 하루하루 조금씩 무너져가는 것을 눈으로 확인하기에 너무 길어요."

아가트가 단조로운 목소리로 읊조리듯 말했다. 그녀는 확실히 고통스러워 보였다. 그러나 내가 그녀에게 마음이 약해진 탓에 치료에 차질이 생겨서는 안 되었다. 나는 계속 밀어붙였다.

"어째서 당신이 실패작이라고 생각합니까?"

아가트가 도리질을 하면서 중얼거렸다.

"그런 건 그냥 알 수가 있어요. 제 말이 맞아요. "

"누구와 비교해서 그렇다는 건가요?"

"제가 되어야만 했던 여성의 모습과 비교해서요." 아가트는 두 손으로 얼굴을 거칠게 비벼댔다. "선생님, 저 너무 피곤해요. 오늘은 여기까지만 하고 싶어요."

우리는 눈을 마주친 채 가만히 있었다. 아가트는 몹시 불행해 보였다. 그게 아니면 나는 그녀에게서 나 자신을 보고 있었을까? 나는 손을 뻗어 그녀의 머리칼을 쓰다듬는 상상을 했다. 그녀가 나에게 기대고 나는 그녀를 껴안고, 그러다 결국 우리 사이의 거리가 온전히 사라지고 내가 그녀를 이해한다고 속삭일 수 있다면. 내가 적어도 그녀만큼 두려움에 사로잡힌 인간이라고 속삭일 수 있다면.

하지만 우리는 인사를 나누었고 내가 의자에서 몸을 일으키기도 전에 아가트는 서둘러 진료실에서 나갔다. 나는 대기실을 가로지르는 그녀의 발소리를 세었다. 내가 여덟 걸음이면 가는 길을 그녀는 아홉 걸음으로 갔다. 이윽고 바깥쪽 문이 찰카닥하고 닫히는 금속성 소리가 들렸다.

사랑

202회를 남겨놓은 날이었다. 나는 온몸이 펄펄 끓고 열꽃이 핀 채 잠에서 깼다. 땀으로 축축해진 시트와 이불은 둘둘 말린 채 벽 쪽에 팽개쳐져 있었다. 카운트다운은 꿈속까지 나를 쫓아왔다. 꿈속에서 나는 당황해서 우리가 죽기 전에 내 환자들을 모두 구해내려고 이리저리 뛰어다녔다. 욕실에 오래 서 있었건만 여전히 피로감은 가시지 않았다. 이제 다 끝날 터였다. 그 후엔 어떻게 되려나? 환자들을 돕기 위해서 내가 할 수 있는 일을 다 했을까?

진료소에 도착해서 입구에 잠시 멈춰 서서 그 공간을 둘러보았다. 무슨 냄새가 나는 것 같기도 한데? 내가 냉장고에 뭘 넣어두고 깜박했나? 집기 뒤에서 뭔가 축축한 것이 썩어가나? 쓰레

기통 비우는 걸 잊었나? 그런 부분은 거의 생각지도 않고 지냈다. 그동안 쉬뤼그 부인이 진료소에 딸린 화장실을 치우고, 수건도 수시로 교체해놓고, 꽃을 사다가 꽃병 두어 개에 예쁘게 꽂아 여기저기 두기도 했으니까. 비서가 나오지 않은 후로 진료소가 서서히, 그러나 확실히 무너지는 소리가 내 귀에 들리는 것 같았다.

환자들은 통찰력 있는 의사였다면 해독할 수도 있었을 저마다의 이유를 안고 나타나 진료실 긴 의자에 교대로 누웠다. 토마가 생각났다. 그 사람과 만났을 때 우리 사이에는 뭔가 마음이 열리는 듯한 경험이 있었다. 나는 진료실에서도 그러한 경험을 이루어낼 수 있기를 바랐다. 죽음이 코앞에 와 있었기에 혹은 그렇게 느껴졌기에 우리는 중간 단계를 다 빼먹고 본질을 건드릴 수 있었던 걸까? 죽음이 끼어들지 않으면 그런 의사소통은 불가능할까?

올리브 부인이 사랑 개념을 되돌아보는 동안에도 나는 골똘히 생각에 잠겨 있었다. 어쩌면 이 진료소에서, 누군가에게 자기 이야기를 들어달라고 돈을 내는 이곳에서, 의사인 나는 환자를 원칙적으로 병이 있는 사람으로 대하고 치료해야 하는 이곳에서, 진실한 관계를 구축하기란 불가능할지도 몰랐다.

"사실, 남편에게 느끼는 감정이 사랑이라고 생각하진 않아요."

올리브 부인의 말이 내 귀에 들어왔다.

"사랑한다는 말은 서로 인색하지 않게 해요. 말로는 뭐든지 할 수 있죠."

"으흠." 나는 신음하듯 중얼거렸다.

"그래도 한편으로는, 혼자 있는 것보다 남편이랑 사는 게 나아요. 그것만 해도 의미가 있다고 생각해요."

나는 올리브 부인이 혼자 지내기를 두려워한다는 의미밖에 없지 않은가 생각하면서 또 한 번 신음 비슷한 소리를 냈다.

"어쩌면," 올리브 부인이 한숨을 쉬었다. "내가 그저 남편을 조금만 더 사랑한다면 매일 아침 은제 식기를 전부 꺼내 새로 닦지 않을 것 같아요."

이 말에 나는 웃지 않을 수 없었다. "그런 말씀 하지 마세요. 나는 올리브 부인이 좀 더 사랑하려고 애써야 할 사람은 부인 자신이라고 생각합니다."

올리브 부인이 처음에는 깜짝 놀라더니 미소를 지었다.

"그러고 보니, 그런 생각은 한 번도 안 해봤네요, 선생님."

오후 6시. 환자 넷을 보고 점심을 먹었고, 다시 네 명을 더 내리 봤지만 나는 조금도 피곤하지 않았다. 도리어 나는 춤을 추고 싶은 기분이었다. 닳아빠진 몸뚱이를 벗어던지고 혈기 왕성한 젊은이로서 다시 기회를 잡은 것 같은 기분이었다. 진부한 말처럼 들리겠지만 나는 진심으로 누군가에게 의미 있는 사람이 되고 싶어 견딜 수 없었다.

희한하게 마음이 들뜨고 집에 가고 싶은 생각이 들지 않아서 진료소 안에서 괜히 서성댔다. 쉬뤼그 부인의 의자 주위에서 왔다 갔다 하고, 근사한 책상을 손가락으로 쓸어보고, 그러다 다시 내가 일하는 방으로 돌아갔다. 정말이지, 내 진료실이 좋았다. 바로 그곳에서 난생처음 내게 알맞은 그 무엇을, 어쩌면 내가 잘해낼 수 있을지도 모르는 그 무엇을 발견했다. 왜 그동안은 모르고 지나쳤을까? 그저 게을렀던 탓일까, 혹은 내가 정말 오만한 인간이어서 타인의 불행이 따분해졌던 것일까?

나는 창가로 걸어가 한적한 거리를 내다보았다. 차가운 목재 창턱에 손바닥을 대고 밀자 앞뒤로 살짝 흔들리는 느낌이 났다. 이마가 유리창에 닿을 때까지 몸을 앞으로 내밀었다. 유리와 닿은 살갗 안에서 여전히 펄떡대는 피를 느낄 수 있었다.

결단

오전 7시 35분. 얼음처럼 시린 담청색 하늘이 머리 위에 펼쳐져 있었다. 갓 다린 교복을 입고 머리를 곱게 매만진 아이들이 신이 나서 우르르 서로 몸을 부딪히며 누가 보도에서 밀려나는지 보자고 장난을 쳤다. 우리 시 반대쪽에 있는 생 폴 학교 학생들 같았다. 방금 전 아이들에게 키스를 하고 아이들을 학교에 보낸 엄마들 중에도 수년 동안 나의 진료소에 다녔던 사람이 꽤 있을 터였다. 갑자기 쾌활한 어린아이 목소리가 등 뒤에서 나를 불러세웠다.

"선생님, 안녕하세요!"

4번지에 사는 여자아이였다. 아이가 내 뒤에서부터 뛰어오다시피 하는 모습이 꼭 춤을 추는 것처럼 보였다. 내가 대답을 하기도 전에 아이는 나를 지나쳐 벌써 저 앞에 가 있었다. 등에 멘 책가방이 위아래로 장단 맞춰 흔들렸다.

진료소 근처까지 가서 얼핏 보기에도 쉬뤼그 부인이 아직 돌아오지 않은 것은 알 수 있었다. 벽돌에서부터 썰렁한 기운이 뿜어져 나오고 있었다. 고독 그 자체라는 생각이 들었다. 그게 온전히 나의 고독이기만 한지는 알 수 없었지만 말이다.

그날 진료를 마치고 비서 책상 뒤에 여덟 개의 파일을 집어넣으면서 마음속으로 결단을 내렸다. 어쩌면 간밤에 싹텄을지도 모르는 생각이 나를 기어이 꽃집으로 인도했다. 내 환자의 남편이기도 한 꽃집 주인이 친절하게 도와준 덕분에 비록 이름은 모르지만 꽤 마음에 드는 꽃다발을 고를 수 있었다. 나는 파비용 거리를 쭉 따라갔다가 땀내 진동하는 콩나물시루 같은 31번 버스를 탔다.

버스를 타고 가면서 쉬뤼그 부인을 처음 만났던 때를 회상했다. 그녀는 구인 광고를 보고 찾아왔다. 나는 원래 혼자 일하다가 의사로서의 업무와 접수, 수납, 안내, 관리 업무를 동시에 해낼 수 없다는 것을 깨닫고서 지역 신문에 광고를 낸 참이었다. 그날은 하루 종일 면접만 봤다. 처음 세 명을 면접 보고 나서 구인을 포기할 각오까지 했다. 내가 같은 공간에서 함께 일하면서 참을 수 있는 사람을 구하기란 만만찮은 일이었다.

그때 쉬뤼그 부인이 나타났다. 긴 치마와 재킷을 갖춰 입은 차림새나 동그랗게 말아 올린 올림머리는 흠잡을 데 없었다. 그 후 쉬뤼그 부인이 머리를 다르게 한 모습은 한 번도 보지 못했다. 무슨 이유에선지 그날 그녀가 신었던 구두까지 선명하게 기억났다. 낮고 각이 진 굽에 발등 부분에 버클이 달린 갈색 가죽 구두. 그 사람이 내 진료소로 출근하고서부터 최소 5년은 그 구두를 신고 다녔을 거다.

면접에서 내가 불러주는 말을 타자로 정서해보라고 했더니 그녀는 오타 하나 없이 빠르게 문서를 작성했다. 나는 이전에 어떤 곳에서 일했는지 물어봤다.

"열두 살 때부터 아버지 가게에서 일을 도왔습니다. 경리 일도 보고, 아버지가 거래처나 고객에게 보내는 편지도 타자로 정서하고 했죠. 그러다 열아홉 살 때 변호사 사무실에 취직했어요. 변호사 일정 관리, 문서 작업, 파일 정리까지 제가 다 담당했습니다."

그녀가 나에게 얌전하게 접힌 종이 한 장을 내밀었다. 그녀가 얼마나 열심히 일해왔는지 극찬하는 추천서였다.

"저의 근무 태도에 대해서 더 알아보고 싶으시다면 직접 연락해보셔도 됩니다."

나는 이튿날 쉬뤼그 부인에게——그때는 결혼 전이어서 비누 양이라고 불렀다——채용이 결정됐다고 알렸다.

버스가 지나칠 때까지 정원 문 위에 연철로 12라는 번지수가 적혀 있는 붉은 벽돌집을 못 알아봤다가 퍼뜩 정신이 나서 운전사에게 여기서 내려달라고 고함을 쳤다. 빽빽하게 들어찬 사람들의 무리에서 벗어나는 것만으로도 마음이 놓였다. 일단 버스에서 내리자 나는 극도로 흥분해서 손을 계속 바지에 문질러댔다.

비서를 채용하고 몇 년 지난 후, 나는 본비 씨에게 연락을 했다. 쉬뤼그 부인이 이전 고용주라고 하면서 이름을 알려줬던 변호사가 본비 씨였다. 나는 그때까지 계속 세를 내고 있던 진료소를 매입할 작정이었기 때문에 변호사와 상담을 좀 하고 싶었다. 본비 씨 비서였던 사람이 내 비서가 됐는데 여전히 일을 참 야무지게 한다고 말했더니 본비 씨는 그런 여자는 모른다고 했다. 평생 이름도 못 들어봤다고 해서 얼마나 충격을 받았던지! 그러나 쉬뤼그 부인에게 그런 말은 하지 않았다. 그녀의 일 처리는 완벽했고, 나는 그녀의 숨겨진 일면을 본 것 같아 왠지 기분이 좋았다. 그 일은 우리의 비밀이자 나만의 비밀이었다. 나는 그녀의 허풍을 알고서 도리어 그녀를 더 높이 사게 됐다.

"안녕하십니까."

나는 고개를 까딱하고 모자를 벗었다. 그러나 이렇게 불쑥 찾아와도 되는가를 생각해보지 않았기 때문에 갑자기 이제 어떻게 해야 할지 막막해졌다. 쉬뤼그 부인은 내가 누구인지 잊은 것처럼 나를 빤히 바라보기만 했다. 나는 목청을 고르는지 신음을 하는지 모를 소리를 내면서 체중을 한쪽 발에서 다른 쪽 발로 옮겼다. 쉬뤼그 부인이 딴 사람처럼 보여서 내심 충격을 받았다. 얼굴은 반쪽이 됐고 부스스한 올림머리에서는 전에 보지 못했던 흰머리가 삐져나와 있었다.

그제야 꽃다발이 아직도 축축한 내 손에 들려 있다는 것을 알았다. 나는 쉬뤼그 부인에게 지팡이를 넘겨줄 때처럼 꽃다발을 내밀었다. 그녀 역시 몸에 밴 익숙한 몸짓으로 꽃다발을 받았다. 그리고 그런 몸짓을 통해 그녀는 이럴 때 어떻게 행동해야 하는가를 다시 기억해낸 듯했다.

"감사합니다, 선생님. 바로 꽃병에 꽂아야겠어요." 그녀는 한쪽으로 비켜서며 문을 열어주었다. "들어오시겠어요?"

커피

"쉬뤼그 부인이 없으니 이만저만 힘들지 않네요. 충분히 상상이 가죠?"

나는 버스 안에서 생각한 말로 물꼬를 텄다. 부인의 책상에 얼마나 많은 파일이 쌓여 있는지, 부인의 안부를 묻고 인사를 전해 달라고 했던 환자들이 얼마나 많은지 얘기했다.

"그렇게 말씀해주시니 고마워요." 쉬뤼그 부인이 희미하게 미소를 지었다. "하지만 캐비닛에 파일을 정리하는 게 뭐가 힘들다는 거죠. 아시다시피, 늘 두는 자리에 두기만 하면 된다고요!"

꾸지람을 듣는 기분이 나쁘지 않았다. 게다가 이 말을 할 때 쉬뤼그 부인의 뺨에 살짝 화색이 돌았다.

"저는 선생님과 30년 넘게 일했어요. 정해진 휴일 말고는 거의 쉰 적도 없고요. 그런데 그런 직장이 카드로 지은 집처럼 무너지기 시작하네요. 선생님이 자유를 얻기로 하자마자……."

그녀가 말을 하다 말고 재빨리 손을 자기 입으로 가져갔다. 우리는 잠시 말없이 앉아 있었다. 이윽고 쉬뤼그 부인이 벌떡 일어났다.

"커피 드실래요?"

나는 그녀가 일하는 모습을 구경했다. 그녀의 움직임이 진료소에서만큼 빠릿빠릿하고 효율적이지 않았다. 그녀가 내게 이런 모습을 보여준다는 게 슬프면서도 희한하게 영광스럽다는 생각이 들었다.

"이렇게 또 와주시다니 정말 고맙습니다." 그녀는 내게 돌아선 채로 말했다. "지난번에 와주셨을 때 토마가 무척 좋아했어요. 그때부터 좀 진정이 된 것 같더라고요."

"그 말을 들으니 기쁩니다." 나는 대답을 하면서 고개를 흔들었다. "하지만 오히려 내가 토마에게 도움을 받았다고 생각합니다. 토마는 오늘은 좀 어떤가요?"

"방금 잠들었어요." 쉬뤼그 부인이 커피포트를 쟁반에 올려놓으면서 말했다. "어젯밤에 잠을 통 못 잤거든요. 그런 날이 많아요."

부인이 쟁반을 들고 와서는 종이 뭉치들을 옆으로 밀어놓고 잔 받침, 잔, 설탕, 크림 단지, 커피포트를 하나씩 내려놓았다.

"언제부터 아팠습니까?" 내가 물었다.

쉬뤼그 부인은 절제된 동작으로 자기 앞의 식탁보를 몇 번 반듯하게 매만지더니 한숨을 내쉬었다.

"제가 휴가를 내기 한참 전부터 그랬어요. 토마가 몇 달째 배가 아프다는 소리를 하면서도 병원에는 가보지 않고 있었죠. 어쨌든 결국 병원에 입원도 했는데 그쪽에서 까놓고 말해 더는 손쓸 도리가 없다, 퇴원하고 싶으면 퇴원해라, 그러더군요. 그래서 제가 집에 붙어 있으면서 그이를 보살피기로 한 거예요."

그녀가 고개를 드는데 눈이 반짝거렸다.

"언제 죽을지 모르는 상태예요."

나는 고개를 주억거리고는 식탁 맞은편에 놓여 있는 그녀의 두 손을 내려다보았다. 그녀의 손이 누군가가 하늘에서 떨어뜨린 새처럼 보였다.

"토마는 좋은 사람이죠."

나는 이렇게 말하고 나 자신의 주변머리 없음에 또 한 번 경악했다. 쉬뤼그 부인은 결혼한 지 20년도 넘었다. 그리고 그녀의 남편은 지금 저 벽 너머에서 죽어가는 중이다. 그런데 내가 겨우 할 수 있는 말은 그 남편이 좋은 사람이라는 것뿐인가.

하지만 쉬뤼그 부인은 가만히 고개를 끄덕이며 우리 두 사람의 잔에 커피를 따랐다. 그러고 나서 가장 가까이 있던 의자에 발을 올렸다.

"참, 생각할수록."

그녀는 밑도 끝도 없는 수수께끼처럼 그 말을 툭 내뱉고는 눈을 가느다랗게 뜨고 나를 뚫어져라 바라보았다. 나는 괜히 불편해져서 자세를 고쳐 앉았다.

"뭐가요?"

"음, 선생님이 와주신 게 신기해요."

쉬뤼그 부인은 그렇게 말하며 내게서 시선을 거두고는 커피를 후후 불어서 한 모금 넘겼다.

"이런 식으로요. 다른 사람에게 들었으면 안 믿었을 거예요."

나도 커피잔에 손을 내밀면서 미소를 지었다.

"이건 최소한 내가 할 수 있는 일이니까요."

아가트 10

그녀는 초여름의 희미한 햇살을 머리칼에 받은 채 아주 먼 곳에 있는 사람처럼 창가에 앉아 있었다. 사정을 모르는 사람은 그녀가 환자라고 생각도 못할 터였다. 나는 한동안 그녀를 멍하니 바라보다가 겨우 정신을 가다듬었다.

"잘 지냈습니까, 아가트. 들어오세요."

"고맙습니다."

그녀는 내 옆을 지나 진료실 안으로 들어갔다.

"오늘 좀 우울해 보이시네요. 아, 물론 늘 좀 그렇게 보이시긴 했지만요. 선생님, 우울하신가요?"

단순하지만 아무도 나에게 던진 적 없는 질문이었다. 나는 명치를 정통으로 얻어맞은 기분이었다.

"나는……."

입을 열었지만 갑자기 목구멍이 바짝 말라버렸다. 침을 삼키고 나서야 겨우 말을 이어나갈 수 있었다. "나는 그런 생각 별로 해보지 않았어요."

"별로 생각해보지 않으셨다고요?"

아가트는 긴 의자 가장자리에 엉덩이를 걸치고 나에게 도전적인 시선을 던졌다. 그녀의 커다란 두 눈이 너무 가까이 있었다. 나는 시선을 딴 데로 돌리려 애썼다.

"그렇습니다."

아가트가 눈썹을 찡그렸다. "하지만 선생님, 어떻게 자신의 고통을 제대로 보지 않은 사람이 남들의 고통을 덜어주는 일을 평생 할 수 있나요?"

이번 건 셌다. 열이 확 올라왔다. 창문을 열 수만 있다면 뭐라도 했을 것이다. 하지만 벌써 다리에서 힘이 빠지는 느낌이 왔다. 그래서 의자에 그대로 앉아 있었다. 활활 타는 듯 뜨거운 기운이 가슴 한복판에서부터 퍼지고 있었다.

"저녁에 진료소를 나갈 때 그런 질문들을 그냥 진료소에 남겨두고 떠나는 능력을 길러왔는지도 모르죠." 나는 짐짓 느긋한 척하는 말투로 답했다. "자, 그런데 당신은 오늘 어때요, 아가트?"

그녀는 그냥 넘어가지 않았다.

"대답하기 싫으세요? 자신이 어떻게 사는지도 모르는 사람이 과연 남들을 제대로 이해한다고 말할 수 있을까요?"

아가트는 눈을 피하지 않았다. 나는 점점 가라앉았고 연필, 메모장, 의학 서적은 전부 사라졌다. 마침내 벌거벗은 나만 남았다. 일흔두 살이 다 되어가는, 얼룩진 안경을 쓰고 수염이 너무 까칠하게 자란, 두려움 많은 사내만 남았다.

내가 다시 입을 열었을 때는 이미 믿을 수 없이 긴 시간이 흐르고 난 후 같았다.

"음, 그럴 수 없다고 봅니다. 아가트 말이 맞아요." 나는 두 손을 들었다. "나는 사람들이 어떤 방식으로 생각하고 행동하는지 전혀 몰라요! 그 점에 대해선 뭐라고 말할 건가요? 이건 다 쇼예요!"

아가트가 콧김을 내뿜고 조롱 반 웃음 반 대꾸했다.

"아, 좋아요. 과장이 심하시네요, 선생님! 저는 선생님 말고도 의료계 종사자들을 많이 만나봤어요. 그중에 제가 하는 말을 정말로 귀담아 들어준 사람은 거의 없었어요. 사실 있기는 했는지 그것도 모르겠어요. 저는 진심으로 선생님께 크게 도움을 받고 있다고 생각해요."

나는 당최 이해할 수 없었다. 내가 사기꾼이라는 사실에 우리 둘 다 동의한 거 아니었나?

"그냥 여기 와서, 단지 병원에 입원해야 한다고 말하는 사람이 아니라 정말로 내게 관심을 기울이는 사람과 이야기를 나누는 건 큰 의미가 있어요. 그걸 모르시겠어요?"

나는 고개를 끄덕였다.

"정말 그렇다니까요. 하지만 아까 했던 말도 진심이에요. 선생님께서 정말로 자신이 괴로움에 몸부림치고 있다는 생각을 해 보지 않았다면 정신질환 전문가로서 그 의자에 앉아서 이런저런 조언을 하는 게 말이 안 된다고 생각해요."

드디어 내 목소리가 돌아왔다. "왜 내가 몸부림치고 있다는 생각을 한 겁니까?"

"어디서부터 시작하면 좋을까요? 비서분이 보이지 않은 이후로 선생님이 계속 무너지는 게 보였어요. 여기서 이상야릇한 냄새가 나지 않아요? 진료소가 난장판이에요. 그리고 제가 처음 이곳에 온 이후로 선생님은 늘 똑같은 양복을 입으셨던 것 같아요."

그녀는 웃으면서 뾰족한 턱을 내밀고는 좀 더 심각한 말투로 계속했다. "그리고 선생님은 수전증도 있어요."

나는 놀라서 검버섯이 핀 두 손을 내려다보았다.

"하지만 얼굴에서 진짜 사람이 드러나죠. 선생님은 웃을 때조차 슬퍼 보여요."

나는 생각했다. 그렇구나, 음, 그녀가 제대로 보았는지도 몰라. 하지만 그걸 나보고 어쩌라는 건가? 나는 삶 자체에 실망했단 말이다.

“얼굴을 안 보이게 할 때는 다 이유가 있는 겁니다. 왜 내가 이 뒤쪽에 앉는다고 생각해요?” 나는 이렇게 받아치면서 통제력을 잃지 않으려고 애썼다.

“아하.” 아가트가 위협하듯 나를 손가락으로 가리켰다. “이제 뭘 좀 알겠네요!”

나는 나 같지 않은 목소리로 웃었다. 혹은, 단지 내가 모르고 있었던 웃음소리였는지도 모르겠다. 하지만 아가트에게 나를 드러내고 나니 묘하게 후련한 기분이 들었다.

“그래요, 선생님도 사실은 웃을 줄 *아시는군요*.” 그녀가 말했다. “성가시게 됐네요, 남편 저녁을 차려주러 가야 한다는 뜻이에요.”

헤엄

두려움은 숨어서 기회를 엿보고 있었다. 아가트가 진료소를 떠나자마자 두려움이란 놈은 득달같이 달려들었다. 침대에 누워 잠을 청할 시간이 되려면 아직도 끔찍이 많은 시간이 남아 있었다. 그 긴 시간 동안 두려움을 피해 달아날 생각만으로도 피곤해졌다.

집에 가는 길에 저녁에 먹을 빵과 햄을 샀다. 점원이 희한하게 흐릿해 보였다. 그에게 눈의 초점을 맞출 수가 없었다. 내 심장 뛰는 소리가 귓속에서 울리는 우레 같았다.

"90상팀입니다, 선생님."

나는 그에게 돈을 주고 돌아섰다.

"저기요, 잔돈 받으셔야죠!"

저만치 뒤에서 날 부르는 것 같은 소리가 들리긴 했지만 나는 멈춰질 것 같지 않은 황급한 걸음으로 그 자리를 떠났다.

가슴 속에서 뭔가 탁탁거리는 소리가 났다. 딱히 결심한 것도 아닌데 그냥 발길이 집으로 곧장 가는 길이 아니라 호숫가 쪽으로 향했다. *아가트, 아가트.* 머릿속에서 그 이름이 노래가 되어 울려 퍼졌다. 갑자기 내 발 앞에 물이 보였다. 냉기가 구두 속으로 스며들었지만 나는 움찔하지도 않았다.

한 걸음 더 내딛어보았다. 땅은 단단하면서도 유연했다. 물이 내 종아리 중간께에 왔다. 살면서 그처럼 시원하게 뭔가가 풀어지는 느낌은 처음이었다. 찬물이 내 바지를 적시고, 살갗을 파고들고, 두려움의 열기 속으로 깊이 침투했다. 엉덩이까지 물에 잠기자 나는 앞으로 미끄러지듯 아예 물속으로 뛰어들었다. 팽팽하게 긴장된 땀투성이 몸뚱이가 머리끝부터 발끝까지 전부 물에 잠겼다.

"아아아아."

나는 긴 한숨을 토하고는 드러눕듯 몸을 틀어 호수 한가운데를 향해 헤엄을 쳐 갔다. 잊고 살아온 홀가분한 해방감을 느끼며.

사소한 것들

그날의 첫 번째 환자는 다름 아닌 알메다 부인이었다. 나는 이 시간만 끝내면 정확히 100회가 남는다는 사실을 속으로 환기했다. 이 몸집 큰 부인은 내가 실험 운운하면서 태도를 바꾼 이후로 상담 시간에 한 번도 나타나지 않았고 나는 내가 그녀에 대해 잘못 판단했을지도 모른다고 생각하기 시작했다.

하지만 그녀는 갑자기 나타났다. 알메다 부인은 샐쭉하니 입술을 앙다물어 한일자를 만들고서 따지듯이 요란하게 구두 굽 소리를 울리며 그날 이후 처음으로 다시 찾아왔다. 무엇보다 놀라운 일은 그 말 많은 여자가 내처 조용한 것이었다.

"그래, 지난 몇 주 동안 어떻게 지내셨습니까, 부인?" 내가 먼저 입을 열었다.

그녀는 어깨만 으쓱했다.

"지난번에 제가 어려운 과제를 내드렸죠. 어떻게 해내셨는지 얘기해보시겠어요?"

그녀는 나를 힐끗 쳐다보았다.

"잘 안 됐어요."

"알겠습니다. 하지만 그것도 결과라면 결과네요." 나는 격려하는 말투를 취했다. "어떤 식으로 잘 안 됐는지 말해주시겠어요?"

"애초에 불가능한 일이었어요. 그냥, 바보 같았다고요!"

알메다 부인이 반항아처럼 아래턱을 쳐들고 나를 쏘아보았다. 쿡 하고 웃음이 터질 뻔했지만 간신히 참았다.

"선생님은 베르나르를 몰라요. 그리고 이제 선생님이 저에 대해서도 모르는 것 같다는 생각이 드네요!"

"그렇습니까?"

"그래요! 애초에 저보고 쉬라는 제안 따위는 하지 말았어야 했어요. 전 바쁘게 일하고 움직여야 마음 편하다고요!"

"아하." 나는 미소를 지었다.

"아하?" 그녀의 입에서 침이 튀었다. "선생님이 거기 앉아서 하는 말은 '아하' 아니면 '으흠'밖에 없는데 저에게 무슨 도움이 된다는 거예요?"

알메다 부인도 거기까진 파악이 됐던 모양이다. 그러나 오늘만큼은 나도 그녀를 쉽게 놓아주지 않을 작정이다.

"어떤 도움을 원하시는지 저에게 다시 한번 말해주시겠습니까?"

"어머, 세상에. 장난하는 것도 아니고 이게 뭐예요." 그녀는 분통을 터뜨렸다. "제가 여기 하루 이틀 다녔나요? 3년이나 지났는데 이제야 물어보시는 거예요?"

"나는 부인이 화를 다스리기 위해 여기 왔다고 생각했습니다. 부인의 어린 시절 얘기부터 호흡법에 이르기까지 오만 가지를 다 건드렸지만 전혀 차도가 없었죠. 따라서 마땅히 다음 단계는 현재에 초점을 맞추는 것입니다. 일상의 소소한 것들을 좀 더 마음 깊이 받아들이는 법을 배워야 하는 거죠. 그런데 부인은 그걸 거부하고 있습니다. 그래서 다시 한번 묻는 겁니다. 도대체 나보고 뭘 도와달라는 겁니까?"

알메다 부인이 무너졌다. 가쁜 숨을 몰아쉬느라 그녀의 떡 벌어진 어깨가 들썩였고 여러 겹으로 이루어진 배를 보호하려는 듯 상체가 앞으로 구부러졌다.

"알메다 부인이 정말로 나아지고 싶어 한다면 내가 보기에 방법은 두 가지입니다. 게다가 그 두 방법을 조화롭게 병행해야 합니다. 하나는 평소 하는 사소한 일에 신경을 덜 쓰고 일상에서 의무적으로 하는 일을 줄이는 겁니다. 다른 하나는 부인의 삶을 의미 있게 하는 그 무엇을 찾아 행하는 겁니다."

그녀는 열심히 듣고 있었다. 그건 확실했다. 어쩌면 그녀는 내가 하는 말을 아직 이해하지 못했을 테지만 적어도 노력은 하고 있었다.

"바꾸어 말하자면, 부인이 정말로 좋아하는 일, 장보기와 청소보다 부인에게 의미가 있는 일에 좀 더 시간을 써야 한다는 얘깁니다. 부인이 행복해지는 일을 하세요! 그게 아니면," 나는 서둘러 덧붙였다. "적어도 관심이 가는 일이라도 하세요. 그러면 사소한 것들은 전부 서서히 힘을 잃을 겁니다."

"사소한 것들이라고요?"

알메다 부인이 고개를 숙이고 아랫입술을 떨면서 물었다.

"네, 그렇습니다. 부인이 그토록 힘들게 해내는 일들이 시간을 다 잡아먹고 있어요. 사실은 그런 일들을 하느라 부인의 화가 점점 더 쌓이고 있는데 말입니다. 그런 일보다 좀 더 의미 있는 일이 필요합니다!"

알메다 부인이 코를 훌쩍거렸다. 그러고는 주저하면서 고개를 끄덕이더니 드디어 나를 쳐다보았다.

"있잖아요, 선생님께 이런 말을 들으니 기분이 좀 이상해요. 저 자신도 늘 그렇게 생각해왔거든요."

청소

그날 밤, 문득 내 집이 언제나 똑같아 보인다는 생각을 나조차도 받아들이기가 힘들다는 생각이 불쑥 들었다. 주위를 둘러보았다. 모든 것이 친숙하면서도 제자리에서 벗어난 것처럼 튀어 보였다. 어른이 된 후로 지금껏 살림을 하나도 새로 사지 않았다는 사실에 나 자신도 충격을 받았다. 포크 하나 새로 사지 않았고 침대의 매트리스도 몇십 년 전부터 쓰던 것이었다.

집 안의 가재도구는 전부 부모님이 내게 사주셨거나 물려주신 것이었다. 나는 어떤 물건이든 쓸 수만 있으면 그냥 썼다.

그래서 아버지의 그림들부터 손을 댔다. 한 점 한 점을 액자걸이에서 떼어냈다. 그림을 떼어내고 나니 벽의 색깔이 얼마나 바랬는지 확연히 표가 나서 더 놀랐다.

벽에 걸린 그림은 모두 일곱 점이었다. 눈을 감으면 아버지의 얼굴보다 더 뚜렷하게 기억할 수 있을 만큼 익숙한 그림들. 몇 점은 나 자신보다 더 나이가 많았다. 그림들은 늘 그 자리에 걸려 있었고 나는 내가 정말로 그 그림들을 좋아하는지도 생각해보지 않았다. 그다음에는 서재로 들어갔다. 책상 안에 뭐가 들었는지 몇 년간 열어보지도 않았다. 호기심이 동해서 서랍을 하나씩 열고 구석구석 살펴보았다. 부모님은 감상적인 분들이 아니었다. 일례로, 두 분은 내가 어렸을 때 했던 웃긴 짓이라든가 재미있었던 일화를 한 번도 말해준 적이 없었다. 하지만 서랍 하나에서 나의 젖니를 보관한 상자가 나왔다. 그리고 아버지의 그림 중에는 나의 흔적을 다룬 것이 많았다. 백사장에 남은 어린아이의 발자국이라든가, 저 멀리 숲속에 어렴풋이 보이는 키 큰 사람과 키 작은 사람의 모습이라든가.

아래 칸 서랍에서는 식탁보가 나왔다. 그 식탁보 위에다가 내버리려고 작정한 물건들을 쌓기 시작했다. 위 칸 서랍은 잘 열리지 않았지만 내가 몇 번 우악스럽게 잡아당겼더니 열렸다. 그 안을 들여다보니 아버지의 미술용품이 들어 있었다. 색분필과 유화 물감, 케이스에 잘 정리된 붓, 스케치북 두 권이 보였다. 아버지가 우리 부자가 함께 그림을 그릴 때만 쓰게 해주었던 특별한 연필을 담아두는 양철통도 보였다.

맨 위 칸의 작은 서랍에는 어머니가 영국에서 건너오기 전부터 아버지와 주고받았던 편지들, 사진 몇 장, 편지 뜯는 칼, 더는 나오지 않는 오래된 우표들이 들어 있는 흰 종이봉투가 있었다. 대부분은 내버릴 물건 더미에 던져버렸다. 그러다 가운데 서랍에서 검정색 공책들을 발견하고는 무척 기뻤다. 몇 년 전이었나, 매일 그날의 마지막 진료까지 마치고 나서 좀 더 발전적인 방향을 모색하느라 나 혼자 환자 사례를 연구하면서 사용했던 공책들이었다. 어디서 그런 걸 '듣기 연습(Practise Listening)'이라고 했던 것 같다. 자신이 업으로 삼고 있는 일을 좀 더 잘해보겠다고 이 공책을 붙잡고 머리를 쥐어짜던 젊은 날의 나를 생각하니 잔잔한 아쉬움이 밀려왔다. 나는 집게손가락으로 종이 위의 열성적인 표시들을 훑어 내렸다. 글씨는 예나 지금이나 똑같았다. 내가 한눈을 파는 사이에 사람만 딴판이 되었을 뿐.

나는 한동안 자세도 바꾸지 않고 앉아서 공책들을 들춰보았다. 그러면서 좋은 관찰을 읽는 재미를 느끼도 하고 특별히 까다로웠거나 애정이 갔던 환자들을 다시 한번 떠올리기도 했다. 그러다 결국은 더는 그러고 있을 수 없게 되었다. 온몸이 쑤시고 아팠다.

지친 몸으로 침대 가장자리에 걸터앉았다. 사람이 어떻게 양치질조차 생략하고 싶어질 수가 있는지 의아했다. 나는 그냥 몸을 뒤로 젖히고 누웠지만 다리는 여전히 침대 가장자리에 늘어져 있었고 발은 바닥에 닿아 있었다. 그러다 한밤중에 근육에

경련이 일어나서 잠에서 깼다. 그제야 겨우겨우 신발을 벗고 이불 속으로 기어들어가 깊은 잠에 빠졌다.

다음 날 온몸이 두들겨 맞은 것처럼 쑤시긴 했지만 긴장은 완전히 풀려 있었다. 거실에서 아침을 먹었다. 그림이 없으니 거실이 새롭게 보이기도 했고 채워지기를 간청하는 캔버스처럼 벌거벗은 것 같기도 했다. 시커먼 대형 봉지를 질질 끌고 집 밖으로 나가서 몇 블록 건너에 있는 쓰레기장에 던져 넣었다.

1928년 5월 12일 공책 제4권

전반적인 특기 사항

환자의 뒤쪽에 앉는 것은 실제로 효과적이다. 환자가 좀 더 자유롭게 얘기하고 연상 작용에 깊이 들어간다. 꿈의 해석에 대해서 더 많이 읽을 것. 트랑블레 부인이 치아 빠지는 꿈을 반복적으로 꾸는 걸 어떻게 이해해야 하나?

내 스타일

질문을 좀 더 줄이고 환자에게 말할 기회를 좀 더 많이 줄 것. 열린 질문과 닫힌 질문의 차이 : 심리를 조종하기 위해서가 아니라 이해하기 위해서 질문할 것. 알랭은 자기 눈앞에서 익사한 여동생 얘기를 했음. 환자가 치료 중에 느끼는 슬픔은 어떤 작용을 하는가? 입원으로 이목을 끌고 싶지 않아 했으므로 나는 아무 말도 하지 않았음. 냉정함과 직업 정신 사이의 경계는 어디일까?

알랭 : 트라우마의 핵심으로 이동 : 여동생의 사망. 죄책감. 어머니에게 사랑받지 못했다고 느낌. 계속.

트랑블레 부인 : 치아 손실을 힘의 상실로 볼 수 있는가? 불행한 결혼생활에 대한 무력감?

소피 양 : 아직 많이 나가지 못함. 수박 겉 핥기 수준. 좀 더 적극적으로 지도할 것.

로랑 씨 : 심각하게 강박적. 치료하러 올 때 매번 자기 담요를 챙겨 오며 치료 후에는 반드시 세탁을 한다고 함. 항문기 고착?

미뇌르 부인 : 정이 많음. 지나칠 정도. 자기 뜻을 내세우는 법이 없으며 매사 내가 이끌어주기를 바람. 현실 세계에서의 자기 행동을 반영한 태도?

릭세티르 씨 : 우울증. 거의 말을 하지 않음. 무슨 일이 있었는지?

아가트 11

상담을 6회 진행한 후 비로소 그녀와 상담할 차례가 되었다. 나는 우리가 마지막으로 나누었던 대화를 몇 번이나 머릿속에서 돌려보았다. 정직하게 말하건대, 내가 무엇을 기대하는 것인지 몰랐다. 우리가 예전처럼 상담을 진행할 수 있을까? 그녀는 내가 무너져 내리는 모습을 봤으니 나를 좀 덜 존중하게 되지 않을까?

내가 문을 열고 그녀의 이름을 불렀을 때 그녀는 벽에 기대어 창밖을 바라보고 있었다.

"여름이 온다는 말도 없이 와버린 것 같네요, 선생님." 그녀가 나를 돌아보면서 말했다. "고작 몇 주 전에 눈이 왔는데 오늘은 온갖 색이 눈부시네요."

나는 거리를 힐끗 내다보았다. 아가트의 말대로였다. 완연히 되살아난 숲은 초록이 무성했고 잔디밭의 풀은 촉촉하고 빽빽해 보였다. 내가 연금생활자가 될 즈음에는 한여름이 될 터였다.

나는 아가트 뒤쪽에 앉아서 기다렸지만 그녀는 몇 분간 말없이 누워 있기만 했다. 그녀가 마침내 그 얘기를 꺼냈을 때는 마치 그 단어들이 그녀의 입속에서 아주 오래전에 만들어져 간직되어 있다가 비로소 여기서 해방되는 듯한 느낌이 들었다.

"기억나세요, 선생님? 제가 뭘 두려워하는지 일전에 물어보셨죠?"

"네, 그런데요?"

"선생님이 아마 짐작하셨을지도 모르지만 아버지가 우리에게 손을 댔어요. 주로 제가 당했지만—제가 장녀였으니까요—제 동생 베로니카도 예외는 아니었죠. 때로는 아버지 의자 앞으로 지나가다가 그대로 덥석 붙잡혀서 꼼짝없이 잡혀 있곤 했어요. 그 상태에서 아버지의 손이 제 허벅지를 타고 올라가 가랑이와 엉덩이와 은밀한 부분을 더듬고 가슴과 목으로 가는 거예요. 마지막은 언제나 얼굴이었어요."

아가트가 힘겹게 마른침을 삼켰다. 아버지의 손이 거쳤던 경로를 나열하는 그녀의 목소리는 단조롭고 객관적인 거리를 두는 것처럼 들렸다. 그녀가 그 말을 하는 동안 내 몸에서 욱하고 반감이 치밀어 올랐다. 그녀가 제대로 보았다. 나는 이런 사연이 있지 않았을까 어느 정도 짐작하고 있었다. 그래도 화가 나는 건 어쩔 수 없었다. 전에도 성추행과 관련된 사연은 많이 접했다. 그러나 이 사례는 일반적인 성추행보다 훨씬 더 교묘했고 훨씬 더 철저하게 위장되어 있었다.

"아버지의 손은 제 얼굴, 특히 입을 제일 오래 더듬었어요. 저는 소리 지르고 울 수도 없었어요. 그럴 때 아버지가 저를 달래주었는데 그게 그 무엇보다도 무섭고 끔찍했거든요."

아무것도 보지 못하는 눈을 크게 뜬 아버지의 만족스러운 표정, 그의 손길 아래 경직된 어린 아가트의 몸을 상상하니 나도 모르게 턱에 힘이 들어갔다. 연필을 으스러지게 쥐고 있던 손가락에서 통증을 느끼고는 얼른 손아귀에서 힘을 뺐다.

"정말 역겨웠어요. 저는 그게 너무 싫었어요. 그런데 어머니는 그게 아버지에게는 자연스러운 행동이라고, 남들이 눈으로 보는 걸 아버지는 그런 식으로 보는 거라고 했어요. 아버지가 저를 이해하려고 그러는 거라나요."

"아버지가 언제 그런 짓을 그만뒀습니까?"

"아버지가 그만둔 게 아니라 제가 집을 나온 거예요. 하지만 그 후로 그런 일을 피하기는 쉬워졌어요. 어쩌다 부모님 집에 돌아가도 다른 손님들이 와 있는 경우가 많았거든요. 아버지는 10년 전에 돌아가셨어요."

"어머니는요?"

"아직 살아 계세요." 아가트가 한숨을 쉬었다. "일 년에 몇 번은 찾아뵙지만 대개……." 그녀는 잠시 적당한 단어를 골랐다. "음, 결국은 서로 벽에 대고 얘기하는 기분이 되곤 해요."

"어머니도 아버지만큼 눈이 멀었다는 말처럼 들리네요." 나는 아가트가 내 목소리의 격앙된 떨림을 눈치채지 못하기를 바랐다. 내가 할 수만 있다면 그 부모라는 인간들을 비 오는 날 먼지가 나도록 두들겨 패주고 싶었다.

"사실 저는 아버지가 무슨 짓을 했는지 어머니도 분명히 알고 있었다고 생각해요. 하지만 어머니가 알면서 개의치 않았던 건지, 아예 제가 힘들어하는 모습을 보면서 기뻐했던 건지 잘 모르겠어요."

내 머리에 섬광처럼 어떤 생각이 떠올랐다.

"아가트, 꿈속에 나왔던 쌍안경 기억합니까?"

"네, 그런데요?"

"그때 우리가 이해하지 못했던 게 뭔지 알겠어요?"

나는 흥분해서 그녀를 향해 몸을 내밀었다.

아가트가 주저했다. "아뇨……. 그게 뭐죠?"

"쌍안경은 당신의 가장 근본적인 갈등이에요!"

나는 이제 거의 고함을 지르고 있었다. 그러나 열의가 앞서서 자제가 되지 않았다.

"당신은 보여지기를 세상 그 무엇보다 원해요. 눈에 보이지 않고서는 존재하지 않으니까! 손으로 보는 아버지의 방식을 당신은 결국 증오하게 됐죠. 그런데 어머니는 자기 눈앞에서 딸이 산산이 부서지고 있는데도 못 본 체 방관했어요. 모르겠어요? 당신 부모는 당신을 자기 자신에게 보이지 않는 사람으로 만든 거예요!"

머리에 피가 몰린 것처럼 윙윙거리는 소리가 들리는 듯했다. 아가트가 그녀의 하얀 집에서 의자 가장자리에 앉아 있던 모습이 눈앞에 떠올랐다. 그때 그녀의 표정은 세상 그 누구의 얼굴에서도 보여선 안 될 것이었다.

그녀가 부서질 것 같은 목소리로, 마치 숨을 참는 것처럼 이 물음을 겨우 내뱉었다.

"하지만 그게 무슨 뜻인가요?"

단순하기 그지없는 물음이었다. 나는 이 질문에 대답하면서 문득 은퇴까지 정확히 71회의 진료를 남겨두었고 아가트와는 그중 6회밖에 함께하지 못한다는 사실이 떠올라 당혹스러웠다. 줄곧 너무 많이 남았다고만 생각했던 회수가 놀랍도록 적게 느껴졌다.

"자기 자신을 보는 법을 배워야 한다는 뜻이죠, 아가트."

인물/배경

장례식은 일요일 오전에 열렸다. 쉬뤄그 부인이 정식으로 초대장을 보냈고 나는 딱히 불참할 이유를 찾지 못했다.

그래서 나는 좀약 냄새가 나는 문상용 양복을 입고 축축한 손을 한 채 햇살 아래 서 있었다. 사람들이 나를 지나쳐 나의 부모님이 결혼식과 장례식을 치렀던 바로 그 교회로 차례차례 들어갔다. 장례식에 온 사람들은 대부분 나이가 많았고 엄숙한 얼굴에 검은 옷차림이었다. 나와 안면만 약간 있는 사람들이 살갑게 인사를 건네주었다.

부모님 장례식 때도 이런 기분을 느꼈다. 힘내라는 듯 내 손을 잡아주던 손길들, 내가 아무리 표현하려 해도 표현 할 수 없는 그 무엇을 요구하는 듯했던 눈빛들이 기억난다. 죽음을 아

십니까?

그때 쉬뤼그 부인이 다가와 바로 내 앞에 섰다. 나는 손을 내밀었다.

"고인의 명복을 빕니다."

쉬뤼그 부인이 내 손을 잡고 고개를 끄덕였다. 그녀는 내가 지난번 보았을 때보다도 여윈 듯했다. 그러나 우리의 눈이 마주쳤을 때 그 눈은 차분했다.

"고맙습니다." 그녀가 말했다.

쉬뤼그 부인은 교회로 이어지는 자갈길을 따라 걸음을 옮겼다. 나는 잠시 그 장면을 한 장의 사진처럼 내 망막에 새겼다. 검은 옷을 입은 여인과 그 앞의 새하얀 교회. 그녀가 교회의 쌍여닫이문을 열고 그 안으로 들어가는 순간, 검은색이 검은색에 빨려 들어가는 것처럼 보였다.

나는 나의 비서를 따라 교회로 들어가 성가대석에서 조금 떨어진 곳에 앉았다. 교회 내부는 근사했다. 후텁지근한 바깥 날씨와는 딴판으로 서늘한 돌, 나무, 양초 냄새가 풍겼다. 차츰 다른 냄새도 감지되었다. 여자들의 향수 냄새, 남자들의 포마드 냄새, 그리고 구역질 나도록 달콤한 백합 향기까지.

쉬뤼그 부인이 진료소에 복귀해서 마지막 정리 작업을 도와줄까? 지난번 방문 때는 감히 그런 얘기를 꺼내지 못했다. 하지만 이제 나의 은퇴 날짜가 열흘 정도밖에 남지 않았다. 그전까지는 진료소 업무를 정리해야 한다. 남아 있는 환자들은 치료를 완결하든가 다른 곳으로 보내든가 해야 한다. 그런데 아직 그들의 차트 정리도 끝나지 않았고 진료소를 인수하겠다는 사람들과의 계약도 체결하지 못했다. 쉬뤼그 부인이 없으면 이 모든 일을 무사히 해내기란 어림도 없을 터였다.

나는 다시 장례식에 집중하려고 애썼다. 제단 가까이에 벨벳을 두른 관이 놓여 있었다. 쉬뤼그 씨가 관 속에 어떤 모습으로 누워 있을지, 그가 죽음을 순순히 맞이했을지 궁금했다. 왠지 그는 그랬을 것 같은 느낌이 들었다.

나는 사제의 강론과 성가 네 곡으로 이루어진 장례식 자리를 끝까지 지켰다. 슬픔에 목이 메어 노래를 함께 부를 수 없었고 백합 향기가 점점 더 짙고 불쾌하게 느껴지긴 했지만 말이다. 슬픔이 내 눈 위에 고통처럼 자리를 잡더니 점점 피부를 뚫고 들어오는 듯했다. 잘 다린 양복을 입은 여덟 명의 남자가 토마의 관을 들고 나가는 순간, 내 안에서 뭔가가 부서졌다.

울음이 목구멍까지 차올랐다. 내 얼굴이 일그러지는 것을 느낄 수 있었다. 본능적으로 손을 들어 얼굴을 가렸지만 이미 눈물을 막을 수는 없었다. 나는 울음소리를 내지 않으려고 엄지를 꽉 깨물어야 했다.

누군가 내 어깨를 감싸는 것이 느껴져 나는 깜짝 놀랐다. 순간 그 팔을 뿌리치고 싶은 충동이 일어났지만 그러지 않았다. 그 대신 나는 놀랍게도 딱딱한 나무 의자에 앉은 채 낯모르는 이의 팔에 안겨 꺼이꺼이 울고 있었다.

화해

장례식 다음 날, 나는 일을 마치고 르 구르망● 이라는 슈퍼마켓에 케이크 재료를 사러 갔다.

일단 가게에 들어가서 바구니를 들긴 했는데 무엇을 사야 하는지 전혀 모른다는 사실을 깨달았다. 다행히도 파란색 물방울무늬 스카프를 머리에 두른 젊은 여자가 계산대에 서서 사탕을 병에 담고 있었다. 나는 그 여자에게 다가가 목청을 가다듬고 질문을 던졌다.

"방해해서 죄송합니다만 케이크 만드는 법을 좀 알려주실 수

● 르 구르망(Le Gourmand) : '식도락가, 먹보'라는 뜻.

있을까요?"

여자가 큰 소리로 웃자 그녀의 얼굴에 보조개 두 개가 또렷하게 파였다.

"물론이죠. 어떤 종류의 케이크를 생각하고 계신가요?"

"그거 좋은 질문이네요. 사과가 들어간 케이크라고 할까?"

"애플케이크, 그거라면 문제없어요. 절 따라오세요!"

그녀는 나를 선반들 사이로 데려가서 밀가루, 설탕, 버터 한 덩이를 찾아서 바구니에 담아주었고, 통계피를 내밀더니 향을 맡아보라고 했으며, 마지막에 갈색 달걀 몇 알을 추가했다.

"사과는 이쪽에 있어요." 여자가 다양한 과일과 채소가 담겨 있는 커다란 바구니들을 가리키며 말했다. "카다멈[●]은 집에 있죠?"

"집구석엔 빵하고 오래된 치즈밖에 없을걸요."

여자가 또 호탕하게 웃었다. "그러면 이 기회에 범위를 좀 넓혀보시면 좋겠네요."

그녀는 내가 나머지 재료를 사는 것을 도와주면서 자기 아버지가 매일 아침 이 가게에 신선한 달걀을 공급한다는 둥, 내가 만들 케이크는 이미 돌아가신 자기 할머니의 레시피인데 그분

● 카다멈: 인도가 원산지인 생강과의 향신료.

은 요리 솜씨가 좋기로 온 동네에 소문이 자자했다는 등 여러 가지 얘기를 했다.

"누구를 주려고 케이크를 만드시는 거예요?"

"화해의 선물이라고 할까요."

그녀는 그것이 세상에서 가장 자연스러운 일이라는 듯 고개를 끄덕거렸다.

구입한 재료가 전부 갈색 종이봉투에 담기자 나는 다시 한번 그녀에게 고맙다고 인사를 했다.

"저도 즐거웠어요. 혹시 종이 있으세요?" 그녀가 말했다.

내가 가방에 늘 넣고 다니는 메모장과 연필을 건네자 그녀가 뭐라고 쓰기 시작했다.

"이렇게 하고 나서 적당히 식힌 다음에 드시면 돼요. 그걸로 화해를 도모할 준비는 끝나는 거죠."

사방에 밀가루가 튀었다. 내 집에는 거품기조차 없었다. 그래서 내 딴에는 열심히 젓는다고 저었지만 그놈의 덩어리를 완벽하게 없애기가 거의 불가능했다. 그렇지만 일단 내가 할 수 있는 건 다 하고 난 후, 반달 모양으로 저며낸 사과를 나선형으로 얹은 동그란 케이크가 어머니의 오래된 양철 케이크 틀 속에서 향긋한 냄새를 풍기며 익어가자 나는 기쁨을 주체할 수 없었다.

벨을 누르는데 심장이 쿵쿵거렸다. 문이 열렸다. 그는 나를 보고 깜짝 놀랐는지 모르지만 그런 내색을 전혀 하지 않았다.

"안녕하십니까." 나는 입 모양을 과장해서 또박또박 말했다. "케이크를 좀 구워봤습니다."

나는 케이크 포장을 턱으로 두어 번 가리키고는 그에게 그것을 내밀었다.

마침내 옆집 남자의 얼굴을 제대로 볼 수 있었다. 그는 60대 정도로 보였고 나보다 더 투실투실했다. 많이 빨아서 색이 바랜 가운을 걸쳤고, 회색 머리는 아무렇게나 뻗쳐 있었다. 렌즈 두께가 3센티미터는 될 것 같은 안경은 목에 걸린 안경 줄에 걸려 늘어져 있었다. 그 사람은 신문을 읽고 있었는데 내가 방해를 한 것인지도 몰랐다.

그가 뭐가 뭔지 모르겠다는 듯 멀거니 서서 눈만 끔뻑거리기에 나는 다시 한번 입술에 힘을 주면서 큰 소리로 외쳤다. "케이크!"

옆집 남자가 쭈뼛거리면서 아직 따뜻한 케이크 포장을 받아 들었다. 그는 냄새를 맡으려는 듯 그것을 자기 얼굴 높이까지 들어 올렸다. 그의 지친 얼굴에 놀란 표정이 스쳤다. 그러고 나서 그는 한 손을 자기 가슴에 대더니 입 모양으로 '고맙습니다'라고 말했다. 갑자기 그의 툭 튀어나온 배와, 귀에서 삐져나온 약간의 털 뭉치가 못내 애처롭다는 생각이 들었다.

나는 말하고 싶었다. '*당신은 존재합니다. 당신이 여기, 벽 하*

나를 사이에 두고 피아노를 칠 때 내가 다 들었습니다.'

하지만 나는 그렇게 말하는 대신 어색하게 손을 흔들며 고개만 끄덕였다. "고맙기는요. 다음에 또 봅시다!"

내 집 앞에 다 와서 뒤를 한번 돌아보았다. 그렇게 한 것이 기뻤다. 나의 이웃은 여전히 케이크를 가슴에 꼭 안고 문 앞에 서서 내게 손을 흔들고 있었다.

애플케이크

버터는 조금만 남겨놓고 전부 팬에 넣어 녹이세요. 타지 않게 주의하시고요.

여기에 설탕 두 컵을 넣고 완전히 투명해질 때까지 저어주세요. 중간에 달걀 네 개도 넣고 섞어주세요.

밀가루 네 컵, 소금 한 자밤, 베이킹 소다 한 티스푼을 볼에 넣고 섞어주세요. 카다멈 약간, 통계피와 바닐라도 넣어주세요. 넣고 싶은 만큼 넣어도 됩니다. 우유도 넣고 싶으면 약간 넣어도 되고요.

잘 저어주세요. 그러면 반죽은 완성입니다. 팬에 버터 남은 것을 골고루 칠하고 반죽을 부어주세요. 껍질을 벗기고 반달형으로 썰어낸 사과를 반죽 위에 꼭꼭 눌러가면서 얹어주세요. 맛을 내기 위해 그 위에 설탕 한 자밤을 솔솔 뿌려줍니다.

180도로 맞춰놓은 오븐에서 적어도 45분은 구워야 케이크가 완성됩니다. 다 구워진 케이크는 30분 이상 식혔다가 드세요.

맛있게 드세요!

집

어느 날 아침, 나는 따뜻한 깃털 이불 속에 누운 채 천장에 난 미세한 그물 모양의 금을 쳐다보며 그날 하루의 일정을 점검하고 있었다. 그날의 예약 환자는 다섯 명이었다. 그리고 바로 그 순간, 은퇴까지 몇 회 남았는지 헤아리지 않게 됐다는 것을 깨달았다.

주방에 가서 주전자에 물을 끓였다. 루바브 차 봉지를 서랍에서 꺼내어 향을 맡아보고는 거무스름한 찻잎을 차 거름망에 넣었다. 옆집 남자도 깨어 있었다. 그 사람도 물을 끓이고 있는 모양이다. 얼마 지나지 않아 벽 너머에서 그 집 주전자 특유의 삐익 하는 신호음이 들렸다. 나는 찻잎을 건져서 버리고 우유를 잔에 따른 후 식탁에 앉아 서둘러 아침을 먹었다. 그러는 동안 어떻게 귀도 안 들리는 사람이 피아노를 치게 됐을까 하는 의문이 들었다. 어쩌면 그 친구도 한때는 들을 수 있었는지 모른다. 언제 한번 용기를 내어 물어봐야겠다.

"선생님, 안녕하세요."

나는 쉬뤼그 부인을 보고 어찌나 반가웠던지 난생처음 내 비서의 어깨를 포옹 비슷한 그 무엇처럼 얼싸안았다.

"쉬뤼그 부인이 돌아와서 얼마나 좋은지 모르겠네요." 나는 그녀의 몸에서 손을 떼면서 말했다. "돌아온 것 맞죠?"

비서가 수줍게 미소를 지었다. 그 모습이 난생처음 칭찬을 받은 여자아이와 조금도 다르지 않았다.

"아시잖아요, 그런 것 같네요." 그녀가 대답했다. "이제 집에 할 일이 아무것도 없으니까 돌아올 때가 되었죠."

그러고 나서 쉬뤼그 부인은 내 지팡이를 받아주었고—외투는 이제 나 같은 노인네에게도 필요가 없는 날씨였다—나는 모자를 선반에 올려놓았다.

"제가 제 마음대로 새로운 환자 예약을 받았답니다." 그녀가 자기 의자로 걸어가면서 불쑥 이렇게 말했다.

"새로운 환자? 오, 그건 말도 안 돼요!" 나는 그녀에게 외쳤다.

"말이 안 된다고요?" 쉬뤼그 부인은 그렇게 말하고 나를 돌아보았다. "아직 은퇴할 마음 없으신 거 맞죠?"

쉬뤼그 부인이 어찌나 날카로운 눈빛으로 나를 응시하던지 나는 움츠러들었다. 나는 은퇴 후에 어떻게 시간을 보낼 것인가라는 질문의 답을 아직 찾지 못했다. 카운트다운은 막바지까지 왔는데 그것이 끝나면 뭐가 있을까? 텅 빈 거울들 외에는 아무것도 없었다.

여전히, 어디까지나 원칙적으로는, 그녀가 그토록 신속하게 상황을 제대로 간파했다는 사실을 인정하고 싶지 않았다. 나는 그녀에게 아주 깐깐하게 보이고 싶은 눈초리를 하고는 이렇게만 말했다.

"쉬뤼그 부인, 그런 결정을 내리기 전에는 나하고 먼저 상의를 해야 합니다. 이미 잘 알고 있는 일이잖습니까. 그냥, 그러면 안 되는 일입니다."

그녀는 조금도 죄스러워하는 것 같지 않았다.

"그 문제는 잘 생각해보고 오늘 오후에 다시 얘기하죠." 내가 말했다.

그녀가 고개를 끄덕이고 자신의 왕좌로 돌아가 앉을 때 입가를 슬쩍 실룩거리고도 거의 들키지 않았다는 점은 칭찬할 만했다.

위대한 비서 자리에 단순한 질서가 회복되었다. 쉬뤼그 부인은 눈앞의 종이를 응시하면서 무시무시한 속도로 타자를 치기 시작했다.

아가트 12

그녀는 내 앞에서, 한 15미터 간격을 두고 걸어가고 있었다. 그늘 한 점 없고 아지랑이가 아른대는 무더운 날이었지만 그녀는 머리끝부터 발끝까지 검은색으로 휘감고 있었다. 머리에 맨 폭이 좁은 노란색 리본만이 도드라졌다. 나는 그녀가 매혹적이라고 생각했었지만 이제 그건 너무 명백한 사실이었다.

그녀는 빠르고 과감하게 걸음을 옮겼고 늙은이 다리로는 그 속도를 따라잡기가 여간 힘들지 않았다. 그런데 그녀가 갑자기 우뚝 멈춰 서더니 뒤를 휙 돌아보았다. 나는 멈칫했다. 땀에 젖은 셔츠가 달라붙은 등에 내리쬐는 햇살이 뜨겁다 못해 타는 것 같았다. 나는 생각했다. 그래, 넌 들켰어. 이제 끝이야. 다들 치료와 실제 삶을 분리해야 한다는 걸 알지. 융이 어떻게 됐는지 알잖아.

그녀는 렌 대로의 그 카페 바로 앞에 서 있었다. 이제 그녀는 유리문을 밀려고 한 손을 내밀고 다른 손으로는 눈에 내리쬐는 직사광선을 막느라 손 그늘을 만들고 있었다. 그녀의 낭랑한 목소리가 나에게 분명하게 도달했다. 보도에 우리 말고 다른 사람들이 꽤 있었는데도, 지난번에 내가 숨어서 그녀를 훔쳐봤던 그 정원에서 이제는 작은 폭포가 콸콸 소리를 내며 떨어지고 있었는데도. 마치 내 귀가 그 음성의 주파수에 정확하게 맞춰져 있기라도 한 것처럼.

"저, 선생님?" 그녀가 고개를 카페 쪽으로 살짝 갸웃하면서 말했다. "같이 들어가실래요, 아니면 어떻게 할까요?"

아가트

초판 1쇄 발행 2020년 9월 7일 **원작** Agathe **지은이** 아네 카트리네 보만 **옮긴이** 이세진
발행인 도영 **편집** 하서린, 김미숙 **표지 디자인** onmypaper **내지 디자인** 손은실
발행처 그러나 등록 2016-000257 **주소** 서울시 마포구 동교로 142, 5층(서교동)
전화 02) 909 - 5517 **Fax** 0505) 300 - 9348 **이메일** anemone70@hanmail.net
ISBN 978-89-98120-67-2 03850

이 도서의 국립중앙도서관 출판예정도서목록(CIP)은 서지정보유통지원시스템 홈페이지(http://seoji.nl.go.kr)와 국가자료공동목록시스템(http://www.nl.go.kr/kolisnet)에서 이용하실 수 있습니다.(CIP제어번호 : CIP2020035940)